U0133158

从 菜 鸟 到 高 手 的 蜕 变

轻松 iPad
玩转 iPhone

● ● ● ● ● ● ● ● ● ● ● ● 神龙工作室 © 策划　郭绍翠 © 编著

图书在版编目（ＣＩＰ）数据

轻松玩转iPad/iPhone / 郭绍翠编著. -- 北京：人
民邮电出版社，2011.9
　ISBN 978-7-115-25949-3

　Ⅰ．①轻… Ⅱ．①郭… Ⅲ．①便携式计算机－基本知
识②移动电话机－基本知识 Ⅳ．①TP368.32
②TN929.53

　中国版本图书馆CIP数据核字(2011)第136018号

轻松玩转 iPad/iPhone

- ◆ 策　　划　神龙工作室
　编　　著　郭绍翠

　责任编辑　汪　振

- ◆ 人民邮电出版社出版发行　北京市崇文区夕照寺街 14 号
　邮编　100061　电子邮件　315@ptpress.com.cn
　网址　http://www.ptpress.com.cn
　北京盛通印刷股份有限公司印刷

- ◆ 开本：880×1230　1/24
　印张：10.5
　字数：391 千字　　　　　　　2011 年 9 月第 1 版
　印数：1 – 5 000 册　　　　　　2011 年 9 月北京第 1 次印刷

　ISBN 978-7-115-25949-3

定价：49.00 元

读者服务热线：(010)67132692　印装质量热线：(010)67129223
反盗版热线：(010)67171154

内容提要

　　iPad和iPhone的独特的触摸系统，让众多苹果用户为之动容。只需用手指轻轻一点，即可领略苹果机器迷人的魅力。

　　本书共分为8章。第1章让读者对iPad和iPhone有初步的认识并对配件进行介绍；第2章介绍基本操作，让读者轻松掌握；第3章介绍苹果设备的全能管家——iTunes；第4章详细介绍苹果设备中的内置程序；第5章介绍数十款人气应用软件，让苹果成为您的优秀小帮手；第6章介绍如何进行越狱和解锁；第7章推荐一些实用的工具和好玩的游戏；第8章列举常见问题，并进行详细解答，解决用户常见的小问题。

　　本书内容丰富实用，图文并茂，简单易懂，可操作性强。不管您是刚拿到苹果设备，还是玩过一段时间苹果设备；不管您是爱时尚、爱刺激还是爱折腾，此书都适合您去阅读，对读者都有较好的帮助作用。本书可以轻松带您领略苹果的魅力，让读者能成为苹果达人，以实现手中苹果设备的最大价值。

PREFACE

2010年6月，苹果公司推出了iPhone第四代，即iPhone 4，先发售黑色版，白色版iPhone 4也在2011年上半年发售。iPad 2是苹果iPad下一代产品，于2011年3月3日正式发布，将于3月11日在美国上市。与一代产品相比最大的区别在于iPad2将更薄、更轻并且拥有前置摄像头，并且将同时发售黑色版与白色版。

为了使iPad和iPhone 4用户尽快掌握它们的使用方法，并深入体验其魅力，我们整理了iPad和iPhone 4的功能和使用技巧，将一些实用的设置和第三方软件的使用方法收集汇编，并撰写成书，与刚接触iPad和iPhone 4和正在探索其魅力的玩家们一起分享。希望阅读此书的读者能从本书中获得一些微薄的帮助，并能通过本书发现iPad和iPhone 4中尚未被开发的无限可能，探索出iPad和iPhone 4更多的功能并将其发挥得淋漓尽致，真正成为苹果达人。

如果您想了解iPad和iPhone 4诞生的背景、新的特点以及相关配件信息；如果您想从基本的操作学起到操作一些高级技巧；如果您想熟练地使用iTunes进行资料的同步；如果您想安装常用的软件，而不知如何进行操作；如果您想突破限制，进行越狱和解锁的操作；如果您在为寻找精选软件而发愁；如果您为一些常见的问题而担心。我们推荐您阅读此书，相信它会给您带来满意的答案。

CONTENTS

第3章 苹果全能管家——iTunes

第4章 内置程序大解析

第5章　无所不能的iPad和iPhone

第6章 突破限制——越狱和解锁

第7章　精选软件介绍

第8章　常见问题解答

揭开面纱
——初识iPad 和 iPhone

iPad和iPhone是由苹果公司研制的，堪称"神奇"的革命性产品，拥有超前而亮丽的外观设计以及全新的人性化服务。用户一旦拿起，就再也舍不得放下了。

iPhone

iPad

1.1 我的第一款苹果机

简洁的外观、超大的显示屏幕，这是iPhone 4和iPad给人们的第一印象。这些看似简单的外表却散发着苹果超前的人性化设计理念。更令人不可思议的是，如此纤薄的"身体"里却装满了奇思妙想。

1.1.1 档案室

1. iPhone 4个人档案

◆ iPhone 4简介

同iPhone 3GS一样，iPhone 4提供了纯白色、纯黑色两款供用户选择。

与前三代的iPhone相比，iPhone 4采用了全新的设计。机身更薄，金属材质和高品质防刮玻璃的采用使得iPhone更加坚实耐用。

iPhone 4拥有让可视电话梦想成真的 FaceTime 功能。

iPhone 4还配备了苹果新型的分辨率非常高的 Retina 显示屏，可呈现极度清晰鲜活的文字、图像和视频。

正面上半部分

◆ iPhone 4外观剖析

① 静音开关
② 音量调节按钮
③ 前置摄像头
④ 听筒
⑤ 睡眠/唤醒按钮
⑥ 3.5毫米立体声耳机插孔
⑦ 麦克风收音孔

正面下半部分

① Home按钮（或主屏幕按钮）
② 数据传输/充电连接接口
③ 麦克风，内置扬声器
④ 卡槽

背面

① 富有质感的苹果标志
② 产品信息栏
③ 后置摄像头
④ LED闪光灯

◆ iPhone 4主要技术规格

(1) 尺寸、重量和容量

iPhone 4的厚度比iPhone 3GS（12.3毫米）减少了24%，仅为9.3毫米，高度和宽度分别为115.2毫米和58.6毫米，如右图所示。重量为137克，闪存容量为16GB或32GB。

(2) 显示屏：Retina显示屏

3.5英寸（对角线）Multi-Touch触控宽屏幕；
960像素×640像素分辨率，每英寸326像素；
800:1对比度（标准）；
500 cd/m2最大亮度（标准）；
正反面采用防油渍防指纹外膜；
支持多种语言文字同时显示。

(3) 电力和电池

内置可充电式锂电池。
通过电脑的USB端口或电源适配器充电。
通话时间：使用3G网络时长达7小时，使用2G网络时长达14小时。
待机时间：长达300小时。
互联网使用：使用3G网络时长达6小时，使用WLAN网络时长达10小时。
视频播放：长达10小时。
音频播放：长达40小时。

(4) 相机、照片和视频

拍摄高达每秒30帧（fps）带声音的HD（720p）视频；
500万像素静态相机；
用前置摄像头拍摄VGA相片和高达每秒30帧（fps）的视频；
轻点对焦拍摄视频或照片；
LED闪光灯；
照片和视频地理标记功能。

(5) 感应器

三轴陀螺仪；
方向感应器；
距离感应器；
环境光线感应器。

(6) 定位功能

辅助全球卫星定位系统；
数字指南针；
WLAN；
移动网络。

2. iPad个人档案

◆ iPad简介

iPad平板电脑定位于苹果的智能手机iPhone和笔记本电脑产品之间，是一款集成了多种电子设备特性的多媒体移动设备，它集合了笔记本电脑、电子书、有线设备、手机和电子相框等功能。

◆ iPad外观剖析

① Home按钮（或主屏幕按钮）
用于快速返回到主界面或设置其他快速功能

② 光源感应器
由于设计原因，光源感应器并不易被发现，用于自动调节屏幕的亮度

背面采用铝合金材质，一个富有质感的黑色苹果，下方可看到iPad的容量信息。

③ 耳机插孔与麦克风
A 立体声耳机插孔，需使用直径为3.5mm的耳机
B 麦克风收音孔

④ 睡眠/唤醒按钮

⑤ 扬声器（或喇叭）
iPad的扬声器相当出色，具有双声道

⑥ 数据接口
用于充电和数据的传输的接口

⑦ 静音开关
从iOS 4.2.1开始，此开关将由屏幕旋转锁定功能改为静音开关功能。

⑧ 音量调节按钮

正面

顶部

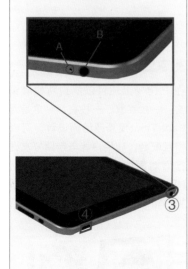

背面

底部

侧面

◆ iPad主要技术规格

(1) 尺寸、重量和容量

iPad的高度、宽度和厚度分别为242.8毫米、189.7毫米和13.4毫米，如右图所示。Wi-Fi机型的重量为0.68千克，Wi-Fi+3G机型的重量为0.73千克，拥有16GB、32GB或64GB大小的闪存。

(2) 显示屏

9.7英寸（对角线长度）LED背光镜面宽屏幕Multi-Touch显示屏，具有IPS技术；

1024像素x768像素，132ppi清晰度；

耐指纹抗油涂层；

支持多种语言文字同时显示。

(3) 处理器

1GHz Apple A4专门设计开发、高效能及低能耗系统单芯片。

(4) 电池和电源

内置25Whr可充电锂聚合物电池；

无线上网、观赏视频或收听音乐使用时间可达 10 小时；

通过电源适配器或电脑USB充电。

3. iPad 2新特性

比起一代iPad，iPad 2平板电脑采用了全新更轻、更薄和更快的设计。如今的iPad 2，功能更加强大，更加出色了。

◆ 双核、双速度

iPad 2采用A5处理器，配备两枚强劲的内核，可以同时执行数量两倍于iPad一代的任务。多任务处理更

iPad2

强劲的A5处理器

强大的图形处理功能

流畅、应用程序载入速度更快。当用户浏览网络、观赏影片、进行FaceTime视频通话和玩游戏，在应用程序间进行切换时，就会发现其不同之处。

◆ 强大的图形处理功能

图形处理性能与一代iPad相比快达9倍，用iPad 2玩游戏、翻阅照片库、剪辑视频和在 Keynote中浏览动态效果时，就能感受到更流畅、更逼真的效果。

◆ 全新的更轻、更薄设计

iPad 2的厚度比一代iPad薄了33%，重量减轻了15%，给用户带来更加舒适的手感。

◆ 双摄像头

在iPad 2上还可以找到两枚摄像头：一枚在前，一枚在后。这是为FaceTime视频通话而设计，可以相互配合，让用户能与亲朋好友进行面对面的交谈。后置摄像具有HD 画质，还可以用来拍摄高品质视频和照片。

1.1.2 人气配件

◆ Apple USB电源适配器（通用）

Apple USB电源适配器充电速度快、效率高，可以在家庭、办公室或旅途中使用。它还可以借助基座接口为 iPhone、所有 iPod和iPad 机型充电。

另外，iPad的适配器还带有1.8米长的电源线，用户可以从较远的距离给 iPad 充电。

◆ Apple iPad相机连接套件（iPad）

Apple iPad相机连接套件可以让用户通过两种方法将照片和视频从数码相机导出到 iPad上：使用数码相机的USB线缆或直接从SD卡导入。

此套件支持标准照片格式（包括JPEG和RAW）以及SD和HD视频格式（包括H.264和MPEG–4）。

◆ Apple iPad Case（iPad）

iPad Case是Pad的保护壳。具有柔软的超细纤维材质内衬、增强型护板结构和体积轻巧、便于携带的特点。它还可以水平或垂直折合，以合适角度支撑iPad，方便观看视频或在屏幕键盘上打字。另外，iPad Case还为iPad的耳机插孔、基座接口、开/关按钮和音量按钮留有开口。

◆ 具有遥控和麦克风功能的Apple入耳式耳机
（通用）

具有遥控功能和麦克风的 Apple 入耳式耳机提供了具
有专业品质的音效和令人惊叹的隔音效果，借助其方
便的按键，可以调节音量、控制音乐和视频的播放，
甚至可以接听 iPhone 上的来电或结束通话。

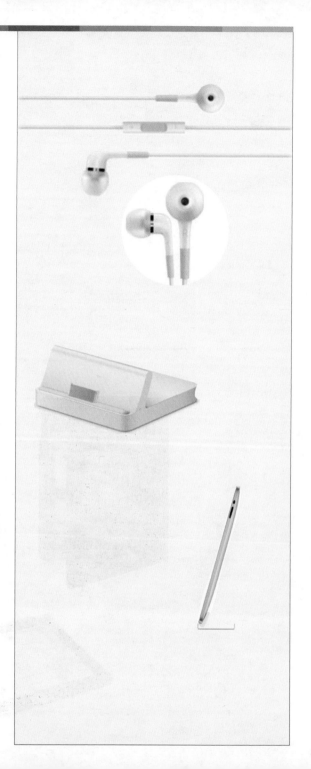

◆ iPad Dock（iPad）

使用iPad Dock可为用户的iPad充电或同步。iPad在同
步或充电时竖立在此基座内，因此此基座十分适合放
在桌面或台面上。它有一个音频线路输出端口，可与
有源音箱相连，十分方便。它还支持其他 iPad配件，
例如iPad Dock Connector to VGA线缆和iPad相机连
接套件。甚至可以在它充电时把它当做相框使用。

提 示

下面介绍iPad Dock的一些使用方法。

用iPad随附的USB线缆将此基座连至电脑，可同
步iPad或充电。

用iPad随附的iPad 10W USB电源适配器将此基座
连至电源插座，为iPad充电。

用此基座以完美的角度托起iPad，可以用蓝牙键
盘写电子邮件、记笔记，或者观看视频或照片幻
灯片。

用AV线缆或立体声音频线缆将此基座连至立体声
音响设备或扬声器，播放iPad中的音乐。

◆ iPad Keyboard Dock（iPad）

iPad Keyboard Dock 融合了iPad充电基座和全尺寸键盘，按键盘上的特殊键则可激活 iPad 功能。通过基座后部的接口，用户可以使用 USB 电源适配器将此基座连接到电源插座，将数据同步到电脑，以及使用诸如 iPad 相机连接套件等配件。通过此基座上的音频插孔，可以连接到立体声音响设备或有源音箱（音频线缆需单独购买）。

◆ Apple Remote遥控器（iPhone）

使用Apple Remote遥控器可以对iPod 或iPhone进行遥控。它具有播放、暂停、调整音量、前进和后退，以及在播放音乐或视频的时候访问菜单等功能。

将 iPod连接到家庭立体声、有源扬声器或电视机上后，用户可以不用起身就可以享受音乐、观看幻灯片等。如果有电话打到iPhone上，用户可以按下"暂停"，接完电话后再继续欣赏音乐。

需要注意的是，具有通用基座，才能将Apple Remote用于iPhone 或iPod。

◆ Apple VGA转接器（iPad和iPhone）

Apple VGA转接器能够精确地在有VGA接口的电视机、显示器或外部投影仪上放映幻灯片、影片、照片以及iPad屏幕上的任何其他内容，以让房间内的所有人都能观看。有"会议利器"之称。

1.2 购机注意事项

用户如果已经下定决心购买功能强大的iPhone 4或iPad，但是又不知道该如何选购时，可以根据下面所介绍的注意事项来进行辨别和选购。

1.2.1 水货和行货的主要区别

◆ 水货的定义

水货并不是一个专业词语，并没有一个标准定义。一般认为：走私进来的没有缴纳关税的就是水货。其实这个定义也不是非常的准确。水货应该是指本不应该在某国家或地区销售，却在该国家或地区销售的，或者是没有经过授权给正规经销商而直接销售的产品。它与生产地无关，只与销售地有关。

◆ 水货与行货的区别

行货是指在中国内地能销售和保修的产品，水货则是能在国外享受保修的产品。下面以联通版行货iPhone 4为例进行介绍。

水货和行货在功能上并没有什么区别，但是在外观上却有一定的差异。

联通版行货iPhone 4采用了与国际版iPhone 4一样的包装，只是外包装盒背部的手机产品说明替换成了中文而已。

包装盒内除了iPhone 4的标准配件和说明书外，行货iPhone 4还拥有一份三包凭证。

繁体字

行货版iPhone 4背部有一块带有进网许可的贴膜，水货版则没有。将该贴膜取下后，可以看到手机背面的信息栏。"美国苹果公司"、"数字移动电话机"和"型号：A1332"等中文字样可以让用户很方便地将其与水货iPhone 4区分开来。

◆ 港行的特征

港行是水货的一种。特征是：
不能在大陆保修；
与行货的外观一样；
标签和说明书是繁体字；
输入法里面有注音输入，拼音输入；
价格比行货稍微便宜一些。

1.2.2 防 "翻新机" 的技巧

iPhone并不像其他普通手机一样可以随意更换电池，其系统也不易被模仿，iPad更是如此。所以对于翻新的iPhone和iPad的鉴别也就有所不同。

◆ 标准配件

iPhone 4的标准配件是一根数据线、一个充电适配器、一副耳机以及三包凭证、信息指南等。
iPad的标准配件则是除了没有耳机外，其他都和iPhone 4是一样的（2010年10月以前生产的行货另带一根电源适配器延长线）。

如果用户发现缺少配件，那此配件就有可能被调换了。当然有时候也会被调换成仿货，由于仿货在做工方面并不是很精致，用户可以从配件的细节上来辨别是原装还是仿货。下面介绍几种辨别的方法，仅供用户参考。

数据线：用户可以从数据线上的文字和标识来进行辨别。原装数据线的文字（Designed by Apple in California Assembled in China）和标识清晰可辨。如右图中，右侧的数据线的标识就显得模糊不清，为仿货。

充电适配器：用户可以从充电适配器上的插头做工来进行辨别。右图中，右侧的为仿货，其插头的做工非常粗糙。

耳机：原装的耳机上有"China"字样，采用激光镭射刻制，不会掉色，且很清晰，而仿货的耳机则没有，即使有，该字样色彩浅、模糊不清晰，也可以擦除。

原装耳机的线控按键，以及增、减音量按键，手感都一样，且很软。仿货就不行了，而且做工很粗糙，有些毛刺，很容易辨认。

◆ 外观

翻新机一般都是使用仿原装的外壳，或者精心处理过的旧外壳，所以在手机上会留下一些痕迹，用户可以细心地查看。下面介绍几种查看的方法（仅供用户参考）。

（1）仔细查看前后壳的接缝处间隙是否均匀而且在1毫米以下，有无撬痕或人为打开过的痕迹。

（2）仔细查看屏幕内有无印痕，数据线、耳机和扬声器孔是否有较多灰尘。

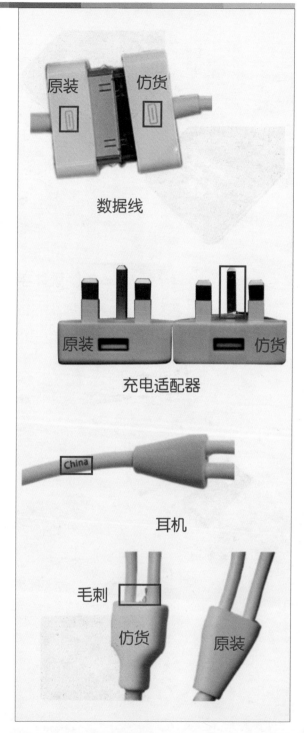

数据线

充电适配器

耳机

主板串号

包装盒背面IMEI号

(3) 仔细查看机身下方的固定螺钉有无旋印，涂漆涂墨(可以用放大镜查看）和商标有无撬痕。另外，原装iPhone 4下方的螺钉分为十字和五角梅花形的，螺钉帽的材质都是光面的，而并不是磨砂面的。如左图，中间位置的机子为五角梅花形，并为磨砂材质，为翻新机。

(4) 仔细检查SIM卡托针孔以及机身其他接触点有无磨痕。

(5) 闻气味。新机器有檀香味，不同于一般的清洁剂和香水味，机身不能有黏黏的蜡和油。

◆ 串号

每部手机的串号（IMEI号）都是唯一的，用户可以通过"三码合一"的方法来判断该手机是否为正品。具体的判别方法如下。

(1) 在手机待机状态下输入"*#06#"，此时会显示出一串数字，该数字为其主板串号。

(2) 查看手机包装盒背面上的IMEI号和取出的SIM卡托侧面的IMEI号。

(3) 比较这三处的串号是否一致。

卡托IMEI号

◆ 使用记录

在购买时，全新的iPhone 4机为未激活状态，用户需要连接iTunes进行激活。如果已经激活，也有被翻新的嫌疑（商家有时也会给激活）。

查看一下iPhone中的程序、短信、通讯录和通话记录等是否有使用过的记录，如果有则很可能是翻新机。

在使用过程中，经常有死机或自动关机的情况，则该机的硬件或软件有故障，也有可能是翻新机。

激活

使用记录

Lesson 02

知识储备
——玩转iPad和iPhone

攻克一座城池之前，都要做些准备工作。在玩转iPad和iPhone之前，首先要掌握一些关于iPad和iPhone的基本操作知识。

2.1 初识iTunes

iPhone 4和iPad的基本操作都是相同的，下面就以iPad为例介绍其基本操作。

2.1.1 开机与关机

◆ 开机

① 用手指按住iPad的【睡眠/唤醒】按钮不放。

② 出现白色苹果的画面时，放开手指。

③ 等待iPad主界面打开后即可完成开机操作。

◆ 关机

关机的方法也是使用【睡眠/唤醒】按钮。

① 用手指按住【睡眠/唤醒】按钮不放，当界面中出现红色的滑块时，松开手指。

② 按住界面中的红色滑块向右滑动到末端即可关机。

2.1.2 切换屏幕

① 用手指轻触iPad屏幕后慢慢地向右滑动。此时，屏幕上的图标也会慢慢向右移动。

② 继续移动，进入Spotlight搜索界面。

③ 此时，还可以轻触屏幕向左滑动或按下【Home】按钮。

④ 返回到主屏幕界面。

2.1.3 运行、移动和删除软件

1. 运行软件

用户如果想运行某个软件，比如运行【iTunes】软件，可以根据下面所介绍的方法进行操作。

① 在屏幕上点击【iTunes】图标即可运行该软件。
② 打开【iTunes】界面。

2. 移动软件图标

◆ 在当前界面中进行移动

① 按住要移动的图标不放，当所有图标开始左右晃动时候，手指在屏幕上慢慢地滑动，要移动的图标也会跟着移动。

② 所经过的图标也会自动地移动、排列，当移动到指定位置时，松开手指即可。

③ 此时界面上的图标还在晃动，按下【Home】按钮即可停止晃动并完成软件图标的移动操作。

◆ 移动到其他界面

用户还可以将当前界面中的软件图标移动到其他界面中。

① 首先按照上述方法将软件图标移动到界面的边缘，此时iPad会自动切换至第2页界面。

② 按照同样的方法将软件图标移至合适的界面，松开手指并按下【Home】按钮即可。

3. 删除软件

在iPhone 4和iPad中，内置的软件是不能删除的，用户只能够删除下载并安装的软件。

① 首先按照移动软件图标的方法，使界面上的所有图标左右晃动，若软件可以删除，会在其图标的左上方出现一个小叉号图案，点击该图案。

② 弹出提示对话框，提示用户是否删除该软件，点击【删除】按钮即可。

2.1.4 设置为常用软件

屏幕下方的区域被称为Dock，在切换屏幕时，Dock中的软件图标都会固定显示，这些软件就是常用软件。用户可以通过拖拽图标的方法将屏幕上的软件设置为常用软件。Dock中最多可以放6个软件图标。

① 按照移动软件的方法使屏幕上的图标晃动起来，按住要设置的图标不放，将其拖动到Dock区域的合适位置。

② 按下【Home】按钮即可将该软件设置为常用软件。

2.1.5 使用虚拟键盘输入文字

下面以在【通讯录】中添加联系人为例介绍如何使用虚拟键盘输入文字。

首先在iPad主屏幕上点击【通讯录】图标，运行【通讯录】软件并打开其界面。

① 点击【加号】按钮，弹出【简介】对话框，下方自动弹出虚拟键盘。

② 点击一下【姓氏】文本框，当出现光标闪烁时，在虚拟键盘上点击输入姓氏的拼音。

③ 点击正确的汉字即可完成输入姓氏。

④ 点击【姓氏拼音或音标】文本框。

⑤ 点击【输入法切换】键。

⑥ 切换到【简体手写输入】虚拟键盘，再次点击【输入法切换】键。

⑦ 切换到【English（US）】虚拟键盘，键盘中两侧的【向上】键呈"加亮蓝色"显示，说明要输入的第一个字母为"大写"，呈"黑色"为"小写"状态。

⑧ 输入姓氏的拼音。

⑨ 点击【名字】文本框。

⑩ 点击【输入法切换】键。

⑪ 切换到【简体拼音输入】虚拟键盘。

⑫ 输入名字。

⑬ 按照上述方法在【名字拼音或音标】文本框中输入名字的拼音。

⑭ 点击【移动电话】文本框，虚拟键盘自动切换到数字和符号键盘，输入移动电话号码。

⑮ 点击虚拟键盘【隐藏】键，隐藏键盘。

2.1.6 缩放与移动画面

在阅读过程中，页面上的内容太小、太大或者显示得
不全，用户可以使用iPad的放大、缩小或者移动画面
功能来使画面达到最合适的效果。

如果想放大屏幕上的数据，首先按照图中两个手指的
姿势轻触屏幕，将这两个手指慢慢地张开，此时画面
就会放大，然后将手指离开屏幕即可。用户按照此方
法多操作几次，可以连续放大画面。

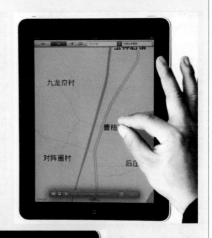

缩小画面的方法与放大的方法正好相反。首先按照图
中两个手指张开的姿势轻触屏幕，接着将这两个手指
慢慢地贴在一块，此时画面就会缩小，然后将手指离
开屏幕即可。同样地，用户可以多操作几次来连续缩
小画面。

如果在阅读过程中，页面的内容显示得不全，例如在
下方还有可阅读空间，用户可以轻触屏幕，向上滑动
就可以滚动页面，然后将手指从屏幕上移开即可。
如果上方、左或右侧有可阅读的空间，用户可以按照
上述方法向下方、右或左侧进行滑动。

提 示

用户在缩放和移动过程中，手指轻触屏幕后不
要停留太久或者尽量选择空白区域，如果不小
心点击到含有链接的数据或者图片时，就会弹
出对应的窗口。

2.2 革命性操作

备忘录

2.2.1 选择文字

下面介绍如何对【备忘录】中的备忘录文字进行选择操作。

首先在iPad主屏幕上点击【备忘录】图标，运行【备忘录】软件并打开其界面。

① 点击【备忘录】界面上的文本框区域，弹出虚拟键盘，输入一段文字。

② 在"开会"两字上轻点一下。
③ 点击【选择】按钮。

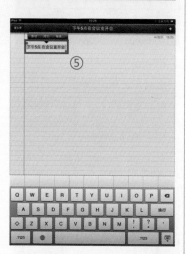

④ 此时"开会"两字就处于被选中状态。

⑤ 如果用户点击【全选】选项，则整段文字都会被选中。

2.2.2 剪切、复制和粘贴文字

① 选择文字后，按住框左侧的蓝色小点，然后向左移动进行选取文字的调整。这里选取"在会议室开会"文字。

② 松开手指，点击【剪切】按钮。

③ 点击虚拟键盘上的【换行】键。
④ 轻点一下光标所在的位置。

⑤ 点击【粘贴】按钮。

⑥ 这样就将所选的文字剪切到下一行中了。

文字的复制和剪切的操作过程相同，只是复制会在原位置保留操作的文字，而剪切则不会保留。

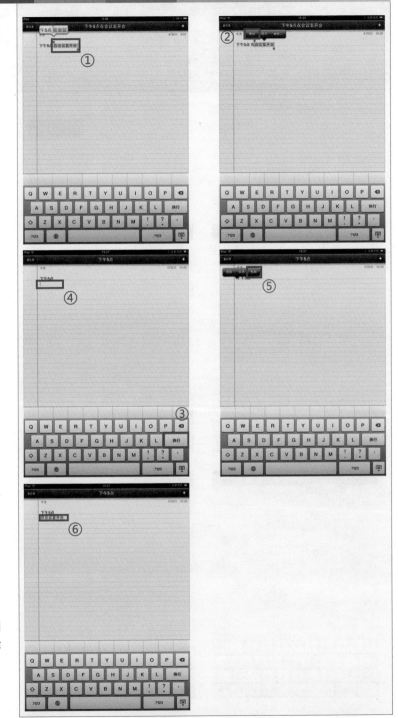

2.2.3 Spotlight搜索功能

Spotlight搜索功能可以一次找出iPad或iPhone 4上的所有数据，包括软件、游戏、联系人、备忘录及电子邮件等。

① 按照前面介绍的切换屏幕的方法，在屏幕上轻按屏幕不放，向右滑动，进入Spotlight搜索界面。

② 在【搜索】文本框中输入要查找的数据，例如输入"Z"，Spotlight会自动进行搜索并在下方的列表框中列出与"Z"相关的数据。

2.3 个性化设置

设置

2.3.1 密码锁定

首先在iPad主屏幕上点击【设置】图标，打开【设置】界面。

① 点击【通用】选项。
② 点击【密码锁定】选项。

③ 点击【打开密码】按钮。

④ 弹出【设置密码】对话框，用户需要输入两次相同的4位数密码。

⑤ 设置完成后，在屏幕解除锁定后，会多一道密码验证的安全机制。

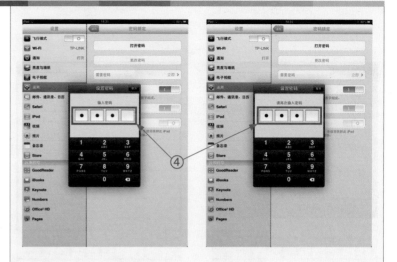

2.3.2 调整屏幕亮度

iPad和iPhone 4都具有自动调整屏幕亮度的功能，但是，在某些环境下，用户也需要手动进行屏幕亮度的调整。

① 在【设置】界面，点击【亮度与墙纸】选项。

② 用手指轻按圆形滑块，向左或向右滑动调整屏幕亮度，当调整到认为合适的亮度时，松开手指即可。

③ 如果用户不想使用iPad或iPhone 4的自动调整亮度功能，可以向左拖动滑块，将此自动功能关闭。

2.3.3 设置个性壁纸

① 在【设置】界面中点击【亮度与墙纸】选项。

② 点击【墙纸】下方的列表框，打开【墙纸】界面。

③ 点击要作为主屏幕壁纸的图片。

④ 点击【设定主屏幕】按钮。

⑤ 点击【Home】键，返回到主屏幕，可以看到桌面壁纸发生了变化。

2.3.4 更换锁定屏幕的图片

① 按照2.3.3小节中介绍的方法，打开【墙纸】界面，点击要作为锁定屏幕的图片。

② 点击【设定锁定屏幕】按钮。

③ 锁定屏幕变成了自己喜欢的图片。

2.3.5 设置字号大小

用户使用设置文字大小的功能可以调整通讯录、备忘录、邮件和短信等中的文字大小。

① 点击【通用】选项。
② 点击【辅助功能】选项。

③ 点选【大文本】选项。

设置前

④ 选择一个合适的文本大小。默认情况下为"关闭"状态。

⑤ 打开【备忘录】界面，就会发现备忘录中的正文内容字号变大了。

设置后

2.4 如何联网

学会了基本操作之后，接下来介绍用户最关心的问题：如何联网。在这里，介绍一些相关的联网方式。现在常用的联网方式有GPRS、3G和Wi-Fi。本节主要介绍如何连接Wi-Fi网络。

2.4.1 什么是Wi-Fi

Wi-Fi是一种可以将个人电脑、手持设备（如PDA、手机）等终端以无线方式互相连接的技术。它可以帮助用户访问电子邮件、Web和流式媒体，为用户提供无线的宽带互联网访问。同时，它也是在家里、办公室或在旅途中上网的快速、便捷的途径。能够访问 Wi-Fi 网络的地方被称为热点。

Wi-Fi的突出优势有以下三条。

其一，无线电波的覆盖范围广，基于蓝牙技术的电波覆盖范围非常小，半径大约只有50英尺，约合15米；而Wi-Fi的半径则可达300英尺左右，约合100米。

其二，Wi-Fi技术传输的无线通信质量不是很好，数据安全性能比蓝牙差一些，传输质量也有待改进，但传输速度非常快，可以达到54Mbit/s，符合个人和社会信息化的需求。

其三，厂商进入该领域的门槛比较低。厂商只要在机场、车站、咖啡店、图书馆等人员较密集的地方设置"热点"，并通过高速线路将互联网接入即可。

2.4.2 Wi-Fi无线网络连接

在无线网络连接之前，先确定要使用的Wi-Fi无线服务是否开启，如果所连接的无线网络进行了加密，需要使用密码。

① 在主屏幕点选【设置】选项，点选【通用】选项。

② 点选【网络】选项。

③ 点选【Wi-Fi】选项。

④ 在此处将Wi-Fi网络服务打开，启用Wi-Fi服务。

⑤ 稍等一会即可显示出当前设备搜索出的无线网络，点选【TP-LINK】选项。

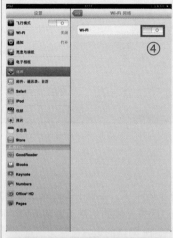

⑥ 如果该无线网络设置了密码，用户在弹出的【输入密码】提示框中输入正确的密码，然后点击【Join】按钮连接该无线网络进行验证。

⑦ 稍等一会即可看到所选无线网络前出现一个对勾，表示使用当前无线网络联网。

⑧ 此时即可使用该无线网络进行上网。在顶部左上角，显示网络信号指示图标。

2.4.3 创建临时无线网（笔记本）

如果用户没有无线路由器，可以通过笔记本创建临时网络。确保笔记本的无线网络开关已经打开且连接网络。

① 打开电脑桌面，在Windows 7操作系统右下角单击该图标。

② 随即弹出一个提示框，单击【打开网络和共享中心】超链接。

③ 弹出【查看基本网络信息并设置连接】窗口，在左侧的窗格中单击【管理无线网络】超链接。

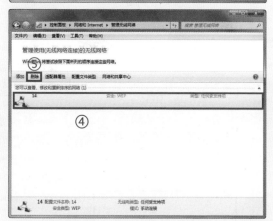

④ 打开【管理使用（无线网络连接）的无线网络】窗口，在列表中查看是否有临时无线网络。如果以前设置过临时无线网络，需要将其删除。选中要删除的临时无线网络。

⑤ 单击【删除】按钮。

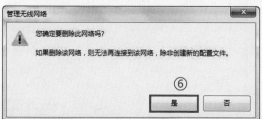

⑥ 弹出【管理无线网络】对话框，提示是否确认删除此网络。单击【是】按钮即可删除。

⑦ 弹出【手动连接到无线网络】窗口。在【您想如何添加网络？】组中单击【创建临时网络】选项。

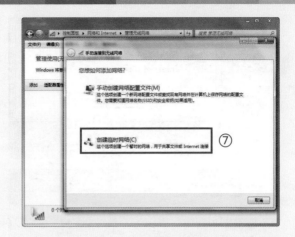

⑧ 进入【设置无线临时网络】界面，此处是对无线临时网络的简单介绍。单击【下一步】按钮。

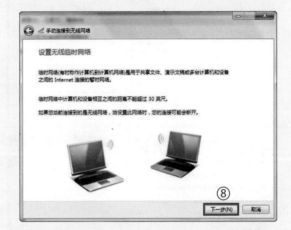

⑨ 进入【为您的网络命名并选择安全选项】界面，设置创建的网络名、安全类型和安全密钥等。在安全类型下拉列表中选择【WEP】选项。设置完毕，根据需要选择是否保存这个网络。

⑩ 单击【下一步】按钮。

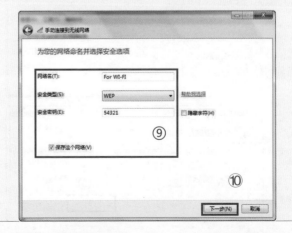

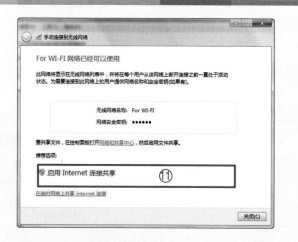

⑪ 稍等一会进入到【For WI-FI 网络已经可以使用】界面。显示设置的无线网络名称和密钥，点击【启用 Internet 连接共享】选项。

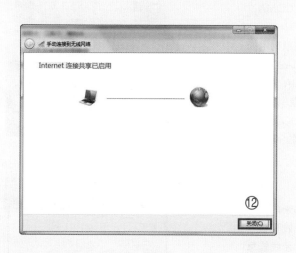

⑫ 稍等一会弹出【Internet 连接共享已启用】界面。单击【关闭】按钮关闭窗口。

用户打开iPhone 4和iPad设备的时候，打开Wi-Fi连接，即可搜索到用户刚创建的无线临时网络，然后按照前面介绍的连接Wi-Fi方法连接即可。

用户在连接无线临时网络的时候，需要确保用户的笔记本电脑的无线网络服务已打开。

2.4.4 其他联网方式

在iPhone 4和iPad的联网方式中，除了前面介绍的Wi-Fi无线网络连接之外，用户还可以通过其他方式联网，如蓝牙。iPhone 4中用户可以直接通过3G无线上网。

1. 3G无线上网

第三代移动通信技术（3rd-generation，3G），是指支持高速数据传输的蜂窝移动通信技术。3G服务能够同时传送声音及数据信息，速率一般在几百kbit/s以上。目前3G存在4种标准：CDMA2000，WCDMA，TD-SCDMA，WiMAX。

3G是第三代通信网络，目前国内支持国际电联确定的三种无线接口标准，分别是中国电信的CDMA2000、中国联通的WCDMA、中国移动的TD-SCDMA。

由于在中国市场iPhone 4是与中国联通绑定销售的，如果用户手机未解锁，只能选择中国联通的3G无线上网。将SIM卡插入卡槽中，就自动使用联通的3G无线上网业务。

2. 蓝牙上网

蓝牙，是一种支持设备短距离通信（一般10米内）的无线电技术。能在包括移动电话、PDA、无线耳机、笔记本电脑、相关外设等众多设备之间进行无线信息交换。利用"蓝牙"技术，能够有效地简化移动通信终端设备之间的通信，也能够成功地简化设备与互联网之间的通信，从而使数据传输变得更加迅速高效，为无线通信拓宽道路。蓝牙采用分散式网络结构以及快跳频和短包技术，支持点对点及点对多点通信。其数据速率为1Mbit/s。

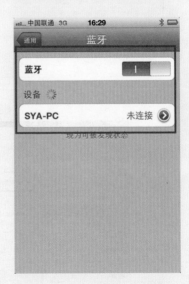

Lesson 03

苹果全能管家
——iTunes

在拥有iPhone 4和iPad的用户群中，用户都会经常与iTunes软件打交道。以方便快捷地管理和更新用户设备中的资源。

3.1 初识iTunes

iTunes是一款数字媒体播放应用程序，由苹果公司在2001年1月10日于旧金山的 Macworld Expo 推出，用于播放以及管理数字音乐和与视频档案。

3.1.1 什么是 iTunes

iTunes是由苹果公司提供的一款跨平台的免费工具，可以通过iTunes进行音乐、影视、电子书、游戏以及软件的管理。同时，使用iTunes，用户的数据更新与文件同步将会更快、更有效率。

通过iTunes程序提供的界面，可以管理受欢迎的苹果iPod数字媒体播放器、iPad和iPhone手机上的内容。此外，iTunes能联网到 iTunes Store，以便下载购买的数字音乐、音乐视频、电视节目、iPod游戏、其他应用程序、各种Podcast以及标准长片。

iTunes的Windows版本的下载地址为：http://www.apple.com.cn/itunes/download/。将软件下载到电脑中，按照指示安装iTunes软件。

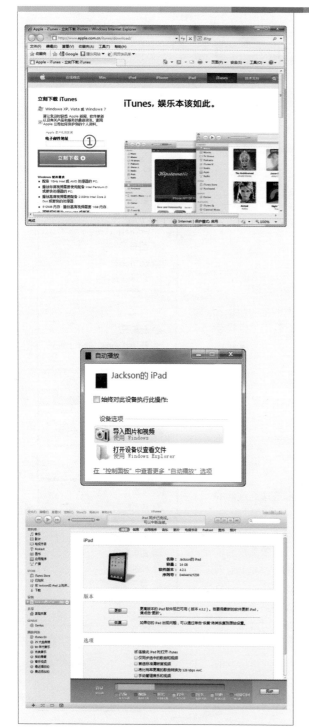

① 首先进入到iTunes官方下载网站，找到最新版本，单击【立即下载】按钮即可。下载到本地磁盘后，将其安装到电脑中。

② 桌面出现【iTunes】快捷方式图标，双击打开即可。

3.1.2 iTunes 界面

安装好iTunes后，将iPhone 4或iPad与电脑连接，iTunes软件会自动启动并识别连接的设备。如果弹出【自动播放】窗口，直接关闭即可。

弹出此窗口的时候，用户可以直接将其关闭。

进入到设备同步管理中心，这里显示设备的信息，如名称、容量、软件版本、序列号以及空间使用状态等，所有的信息及文件的同步工作，以及iPhone 4或iPad软件数据的更新都可使用此软件进行。

◆ 顶端区域

① 功能菜单：iTunes的功能都可以从这里操作实现。

② 播放控制区域：简单的音乐播放控制区域，具有暂停/播放、上一首/下一首以及音量的控制等功能。

③ 切换显示按钮：分别以歌曲列表、专辑列表、网格或Cover Flow显示项目。

④ 搜索栏：在搜索栏中输入相应的内容，可以快速找到本页面的相关内容等。

提示

用户通过合法途径购买正版软件，当软件有新的版本的时可以进行免费升级，无需付费。但是下载的音乐和视频等，只能按次购买。如需再次下载，需要再次付费下载。

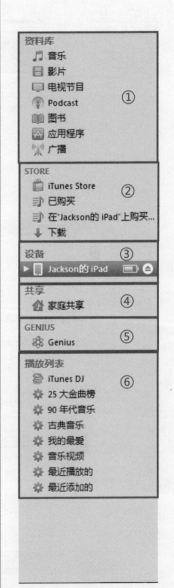

◆ 导航窗格

① 资料库：列出所有和iTunes相关的内容，包括音乐、影片、电视节目、Podcast、图书、应用程序和广播等。

② STORE：苹果专用的网上商店。用于购买和下载音乐、影片和应用程序等。

③ 设备：显示与电脑连接的苹果设备，显示设备中存储的音乐和视频等。

④ 共享：在几台电脑连成局域网的前提下，可以通过"家庭共享"，自由传输在任意一台电脑上购买项目。

⑤ GENIUS：如果用户是欧美歌曲发烧友，这是不错的选择。当电脑联网时，单击Genius登录后，Genius会自动收集电脑中的信息并进行分析，发送给Apple资料库，用户可获得适合的Genius曲目推荐。

⑥ 播放列表：根据用户平时听歌的习惯自动创建的播放列表，同时也支持用户自行建立固定的播放列表。

◆ 内容显示界面

设备信息以及同步设置管理，所有的音乐、影片、照片、应用程序以及电子书等都在这里进行同步动作。选择的内容不同，此处显示的内容也会不同。

◆ 容量显示区

设备容量大小的使用状态，不同的数据类型以不同的颜色显示。点击【同步】按钮，可以同步显示设备中的信息。

◆ 所选项目

① 添加：添加一个新的固定播放列表。
② 随机播放：将歌曲播放模式设置为随机播放。
③ 循环播放：用户可根据需要设置单曲循环或全部循环。
④ 显示/隐藏：显示或隐藏按钮上方的专辑封面。

在连接iPhone 4和iPad设备时，在【软件版本】或【序列号】处单击一下，可切换成显示【版号版本】或【标识符（UDID）】信息。标识符（UDID）就像是该设备的身份证一样，每一台设备都有自己独一无二的标识符，大多用于软件开发的测试上。

3.2 iTunes Store

iTunes Store是一个由苹果公司营运的网上商店，需要使用iTunes软件连接。至2009年1月为止，iTunes Store已经售出超过60亿首歌曲，占有全球线上音乐销售量的份额超过70%。

3.2.1 什么是 iTunes Store

iTunes Store上有大量的多媒体资源，包括音乐、影片、应用程序、游戏和电子书等。这些资源分为免费和付费两种。

单击【App Store】、【播客】或【iTunes U】右侧的下箭头按钮可以获取分类。

① 用户可以收听各种各样丰富而有趣的广播。在iTunes Store中有10万多个免费的Podcast供用户选择，从"艺术"类到"电视与电影"类，应有尽有。

② iTunes U是一种网络公开课，诸多名校如：哈佛大学、MIT（麻省理工学院）、牛津大学等都把自己的课堂音频、视频、文档等放在网上，而课程涉猎的范围也很广泛。iTunes U的内容都是免费的。

③ App Store即苹果应用商店，提供了游戏、日历、翻译程序、图库，以及许多实用的软件。应用商店中的应用程序会随着时间的推移不断增加，用户总能找到自己喜欢的应用程序。

3.2.2 注册 iTunes 账号

如果想购买、试用或下载iTunes Store里的各式免费以及收费的资源，用户需要使用iTunes账号。在这里介绍2种注册iTunes账号的方式：一种是通过PC注册账号，另一种是通过iPhone 4或iPad注册。

1. 从PC上注册

在注册账号时，先将安装好的iTunes软件打开。

① 在导航窗格中选择【iTunes Store】，稍等一会进入iTunes Store界面。
② 单击右上角的【登录】按钮。

③ 弹出【iTunes】对话框，单击
【创建新帐户】按钮。

④ 弹出【欢迎光临 iTunes Store】
界面，单击【继续】按钮。

⑤ 弹出【条款与条件以及Apple的隐
私政策】窗口，熟悉服务条款之后，
选中【我已阅读并同意以上条款与条
件】复选框。
⑥ 单击【继续】按钮。

创建 iTunes Store 账户（Apple ID）

🔒 安全连接

电子邮件地址：　　　　　　　　　　这将是您的新 Apple ID。

密码：　　　　　　　　　　密码必须由至少 8 个字符组成，必须包含数字、大写字母和小写字母。
不能包含空格，同一字符不能连续重复三次，不能使用您的 Apple ID。
也不能使用您在过去一年中用过的密码。

验证密码：　　　　　　　　　　重新输入密码以进行验证

⑦

请输入一个问题和答案，以便在您忘记密码时，帮助我们验证您的身份。

问题：

答案：

必须输入您的出生日期。

日期：　选择 ⬦　　月份：　选择 ⬦　　年：

您是否希望通过电子邮件接收以下内容？

☑ 新闻、软件更新、优惠以及与 Apple 产品和服务相关的信息。

⑧

返回　　　　　　　　　　　　　　　　取消　　继续

⑦ 弹出【创建iTunes Store账户（Apple ID）】窗口，填写相关信息。
⑧ 填写完毕，单击【继续】按钮。

提供付款方式

🔒 安全连接

您在购买产品时才会被收费。

如果您付款信息中的账单地址不在中国，请点击这里。 ⊕

付款方式

付款方式：　● VISA　　○ MasterCard　　○ 🔶

卡号：　　　　　　　　　安全码：　　这是什么？

有效期限：　1 ⬦ / 2011 ⬦

⑨

帐单寄送地址

姓：　　　　　　　　　名字：

称谓：　选择 ⬦

地址：

城市：

邮编：　　　　　　　　　省份：　　　　　　⬦

电话：

国家/地区：中国

Apple 使用符合行业标准的加密方法保护您个人信息的机密性。

⑩

返回　　　　　　　　　　　　　　　　取消　　继续

⑨ 弹出【提供付款方式】窗口，然后按照提示输入相关信息。
⑩ 输入完毕，单击【继续】按钮。

稍等一会弹出提示注册成功的界面。返回到iTunes Store，此时用户已经自动登录，注册完成。

2. 从iPhone 4/iPad上注册

当用户iPhone 4/iPad联网时，可以直接从iPhone 4/iPad上注册iTunes账户。本小节以通过iPad注册账号为例介绍。

① 打开iPad，进入主屏幕，然后点选【App Store】图标。

② 稍等一会进入【精品聚焦】界面，往下移动界面，点击【登录】按钮。

③ 弹出【登录】提示框，这里点击【创建新帐户】按钮。

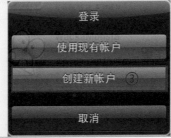

④ 弹出【新建帐户】界面，在【Store】右侧处点击一下，然后从下拉列表中点选【China】选项。

⑤ 选择完毕，点击【下一步】按钮。

⑥ 弹出使用条款说明界面，将界面移动到下方，点选【同意】按钮。

⑦ 弹出提示框，点选【同意】按钮。

⑧ 然后进入信息填写界面，填写相关信息，然后点击【下一步】按钮。

⑨ 然后进入结算信息填写界面，填写相关信息，然后点击【下一步】按钮。

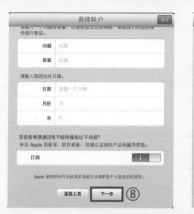

⑩ 稍等一会注册成功，直接返回到App Store主界面。此时刚注册的账号已经登录。

3.2.3 下载应用程序

当拥有了自己的账户之后，就可以从iTunes Stroe中下载应用程序了。还等什么，马上学习吧。iTunes中国账户不支持下载音乐。先来学习如何下载应用程序。

◆ 查看软件详细信息

① 进入iTunes Store界面，单击【iPad】，弹出应用软件主界面。

排行榜

付费应用软件 　　查看全部 ❯

② 单击【查看全部】超链接，可以查看全部付费类软件排行榜。

1. **Angry Birds Rio HD**
   游戏

2. **Fruit Ninja HD**
   游戏

3. **Plants vs. Zombies HD**
   游戏

4. **全国报纸总汇 HD——有...**
   新闻

5. **AVPlayerHD**
   娱乐

6. **AirAttack HD**
   游戏

7. **Pages**
   效率

8. **K歌之王HD**

提　示

用户在打开排行榜的时候，排名的应用程序与本书不同。这是因为在排行榜中，应用软件的排名是根据用户对该软件的评分进行排序且会变动的。

③ 稍等一会，即会进入【收费iPad应用软件排行榜】界面，点选其中一款软件。

用户可以根据需要，按照【热门畅销】、【产品名称】和【发布日期】3种不同的排序方式来查看软件。

④ 弹出对应的界面，可以查看该软件详细信息以及其他用户的评价等。

◆ 下载程序

进入iTunes Store界面之后，用户如果对某一款应用软件有兴趣，直接在其图标处或文字超链接处单击一下即可查看该软件详细信息。

① 进入iTunes Store界面，单击【iPad】，弹出应用软件主界面。

② 进入【免费iPad应用软件排行榜】界面，显示出当前免费类应用软件的下载排行榜。在【QQ HD】图标附近单击。

③ 进入【QQ HD】界面，详细介绍了该软件功能。单击【免费应用软件】按钮。

④ 弹出【iTunes】对话框，用户输入iTunes账号和密码。
⑤ 输入完毕，单击【购买】按钮。

⑥ 在导航窗口处，单击【下载】。
⑦ 右侧内容显示区会显示当前下载进度以及速度。稍等一会即可下载完毕。

3.3 iTunes 的同步与备份

用户电脑中存有大量的多媒体资料，很多用户关心的是，如何将这些多媒体资料以及应用程序等导入到手中的iPhone 4和iPad等苹果设备中。

3.3.1 同步资料

使用苹果设备的用户，都必然会接触到iTunes软件。因为想要把多媒体资料以及其他应用程序放入到苹果设备中，iTunes是必不可少的。一般先将资料放到用户个人电脑中，然后使用iTunes的同步功能将电脑中的资料导入到个人苹果设备中。

1. 导入资料库

在同步之前，需要将视频、音乐和应用程序等添加到资料库中。

第一次打开iTunes时，资料库是空的。用户需要自行添加相关的资料。先介绍如何添加资料至资料库中。

右侧两图显示的是已经导入到iTunes资料库中的图书和应用软件。

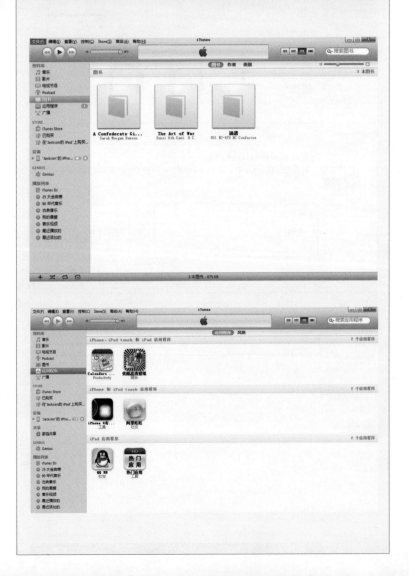

① 打开iTunes之后，单击左上角的【文件】。

② 在弹出的下拉列表中，选择【将文件添加到资料库】或【将文件夹添加到资料库】选项。这里选择【将文件添加到资料库】选项。

③ 弹出【添加到资料库】对话框，选择要添加的文件。
④ 选择完毕，单击【打开】按钮。

⑤ 稍等一会，在导航窗格的资料库中选择添加的文件类型，这里选择【音乐】选项。

⑥ 在此处即会显示出已经导入到iTunes资料库中的资源。

2. 开始同步

将需要的资料导入到资料库中，然后将设备与电脑连接，即可进行iTunes的同步操作。同步音乐、视频、照片、应用程序等方法都是不一样的。

◆ 同步音乐、视频

按照前面介绍的方法，将需要同步的资料导入到iTunes资料库中。

① 单击导航窗格设备处的设备名称【Jackson的iPad】。

② 然后在内容显示区的上端选择同步的文件种类。这里选择【影片】选项。

③ 选中【同步影片】复选框和【自动包括所有影片】复选框。

④ 单击【应用】按钮，即开始同步影片。

⑤ 此时在顶端区域会出现同步的相关信息，稍等一会即可同步完毕。

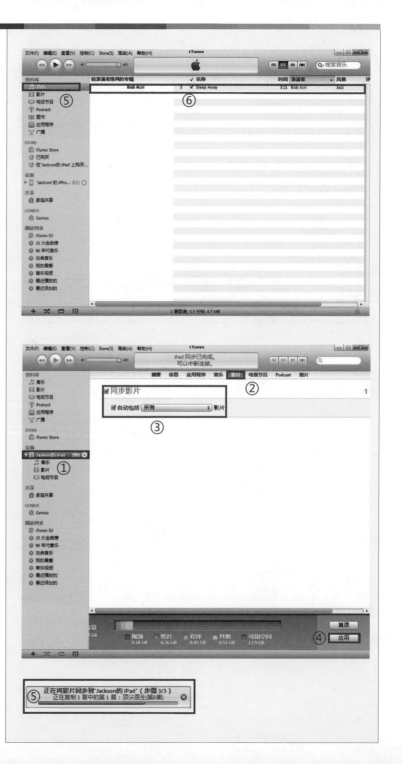

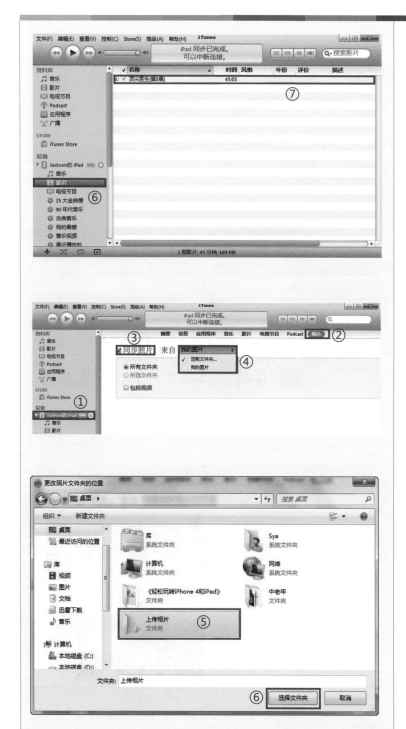

⑥ 在导航窗格的设备中选择【影片】选项。

⑦ 显示已经同步到用户设备中的影片信息。

音乐和视频同步的格式是有限制的，音乐所支持的格式有AAC、MP3及 WAV格式，视频所支持格式有mp4与mov格式。

◆ 同步照片

照片的同步有所不同，它不需要首先导入资料库。用户需要首先在电脑中创建一个文件夹，将需要导入的照片存放在该文件夹中。此操作支持常用的图片格式。

① 单击导航窗格设备处的设备名称【Jackson的iPad】。

② 然后在内容显示区的上端选择【照片】选项。

③ 选中【同步照片】复选框。

④ 在【来自】右侧单击一下，在弹出的下拉列表中，选择【选取文件夹...】选项。

⑤ 弹出【更改照片文件夹的位置】对话框，选择要同步照片的文件夹。

⑥ 选择完毕，单击【选择文件夹】按钮。

⑦ 此时显示同步照片来自【上传相片】文件夹。

⑧ 单击【应用】按钮。

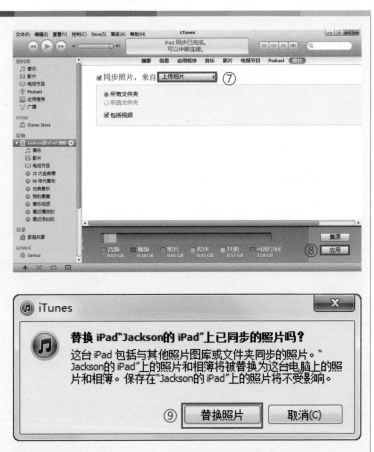

⑨ 弹出【iTunes】对话框,单击【替换照片】按钮,开始同步照片,稍等一会同步完成。此时原先设备中存储的全部替换为刚添加的照片。

◆ 同步应用程序

前面介绍了如何下载应用程序,这里介绍如何将已经下载的应用程序【QQ HD】同步到用户的苹果设备中。

① 单击设备中的【Jackson的iPad】选项,在内容显示区的上端选择【应用程序】选项。

② 选中【同步应用程序】复选框。

③ 显示可以同步的应用程序,选中需要同步的应用程序。

④ 按住鼠标左键不放,拖动要同步的应用程序图标,拖动到iPad的合适位置,然后松开鼠标左键。

⑤ 设置完毕,单击【应用】按钮开始同步。

⑥ 此时打开用户的苹果设备，即可显示刚才同步进去的应用程序。

⑦ 如果用户想取消同步某个软件，直接将鼠标移动到程序图标左上角处，出现一个小叉号，单击一下叉号即可。

3.3.2 备份与恢复

备份主要是为了备份通讯录、日历、备忘录和系统的设置信息，包括声音、闹钟、亮度与壁纸等设置信息。当用户设备出现故障或需要还原的时候，可以利用备份功能直接还原。

① 当iPhone 4或iPad与iTunes连接的时候，在设备名称处单击鼠标右键，在弹出的快捷菜单中选择【备份】选项，开始备份。

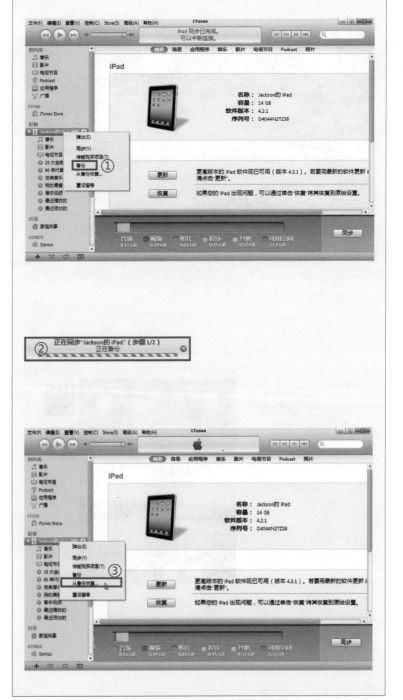

② 此时显示备份进度，稍等一会即可备份完成。

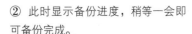

③ 当出现故障的时候，直接在设备名称处单击鼠标右键，在弹出的快捷菜单中选择【从备份恢复】选项。

④ 弹出【从备份中恢复】对话框，在【iPad名称：】右侧单击一下，选择要恢复到的备份点。

⑤ 选择完毕，单击【恢复】按钮。

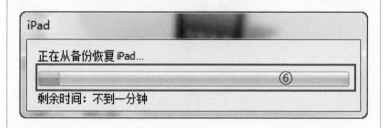

⑥ 弹出【iPad】对话框，显示从备份中恢复的进度。

⑦ 恢复完成，弹出【iTunes】对话框，提示已经恢复，单击【确定】按钮，完成恢复。

用户在使用的过程中，会备份得比较多。很多备份已经过时，已经不需要了。用户可以以及时地将那些不需要的备份删除。

① 打开iTunes，在顶端区域功能菜单中单击【编辑】按钮。
② 在弹出的列表框中选择【偏好设置】菜单项。

③ 弹出对话框，选择【设备】选项。
④ 在【设备备份】列表框中选择需要删除的备份。
⑤ 单击【删除备份】按钮。会弹出提示框，提示删除，根据提示操作即可。
⑥ 删除完毕，点击【确定】按钮返回。

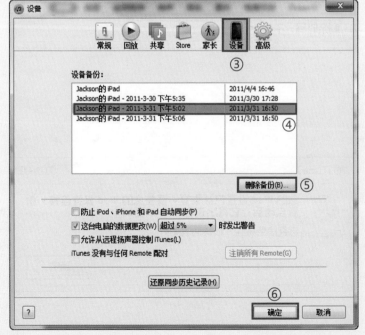

Lesson 04

内置程序大解析

在苹果设备中，内置了一些常用的应用程序。这些内置程序给用户的日常生活带来了方便，也符合用户的使用习惯。

4.1 内置程序

苹果公司推出的iPhone 4和iPad中，都自带很多的内置应用程序。虽然产品类型不同，但是很多内置程序都是共通的，它们的功能以及操作方法都是相差无几的。

4.1.1 Safari网页浏览器

浏览器Safari是苹果计算机的最新操作系统Mac OS X中的浏览器，是iPhone 4与iPad的指定浏览器。Windows版本的首个测试版在2007年6月11日推出，支持Windows XP与Windows 7，正式版在2008年3月18日推出。

① 【后退】按钮：显示上一页浏览网页

② 【前进】按钮：显示下一页浏览网页。

③ 【网页切换】按钮：快速切换已打开网页。

④ 【书签】按钮：可以将常用的网址存储到书签中，方便以后快速浏览网页。

⑤ 【添加】按钮：可以将常用的网址添加到书签和主屏幕，或者将网址链接通过邮件发送出去。

⑥ 地址栏：输入要浏览的网页地址。

⑦ 【刷新】按钮：可以刷新网页与停止加载网页。

⑧ 搜索栏：输入关键词可快速通过指定的搜索引擎查找资料。

◆ 【网页切换】按钮

通过【网页切换】按钮，可以在几个网页之间来回进行切换。省去很多不必要的麻烦，方便用户浏览网页。但最多只可以添加九组网页。用户可以根据需要进行其他操作。

① 打开网页之后，点击【网页切换】按钮。

② 即可看到刚打开的网页添加到第一组位置，点选【新网页】。

③ 打开新的空白网页，输入新的网页地址，即可浏览新的网页。

④ 再次点击【网页切换】按钮。

⑤ 刚浏览的网页添加到第二组位置中了，并在第三组中显示【新网页】。

⑥ 可以继续添加网页，但是总共可以添加九组网页。

⑦ 如果想关闭某个网页，直接点击左上角的叉号即可。

◆ 【书签】按钮

用户通过书签功能可以将常用的网址添加到书签中，也可以将书签中的网址进行分类管理，都极大地方便了用户浏览网页。只需点击【书签】按钮，即可快速浏览常用的网页，无需输入网址。

① 打开需要添加到书签的网页，然后点击【书签】按钮。

② 弹出【书签】下拉列表框，显示已经保存到书签中的网页和书签栏，点击【编辑】按钮。

③ 随即点击书签下拉列表框左上角的【新文件夹】按钮。

④ 弹出【编辑文件夹】下拉列表，然后输入新建文件夹名。

⑤ 输入完毕，点击【书签】按钮。

⑥ 返回到【书签】下拉列表框，即可发现刚新建的文件夹已经添加到下拉列表中，点击【完成】按钮。

⑦ 如果想删除某个书签，先点击【编辑】按钮。

⑧ 进入编辑状态，点击书签左侧的小图标。此时书签右侧会显示出【删除】按钮，点击【删除】按钮，即可删除对应的书签。

⑨ 删除完成之后，点击【完成】按钮。

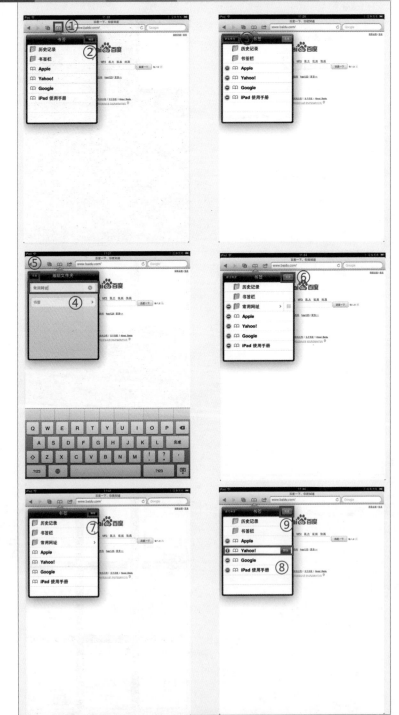

⑩ 刚删除的书签已经不在【书签】下拉列表框中。

◆ 【添加】按钮

用户在浏览网页的时候，可以通过【添加】按钮，将当前浏览的网页添加到书签中或将网页添加到主屏幕中，方便以后浏览。同时也可以网页的链接发送给好友，分享自己的资源。如果用户有需要，还通过该按钮，将当前网页内容打印出来。

① 打开网页，点击【添加】按钮。

② 弹出列表框，点选【添加书签】按钮。

③ 随即进入【添加书签】列表框，输入添加的网页相关信息。然后点选【书签】。

④ 进入【书签】列表框，选择要存入的书签文件夹。

⑤ 选择完毕，点击【添加书签】按钮返回。

⑥ 返回到【添加书签】列表框，即可看到书签的相关信息，确认信息之后，点击【存储】按钮。

⑦ 当前网页存储到书签中。

用户也可以将网页添加至主屏幕、邮寄网址链接和打印网页内容等。

① 打开网页，点击【添加】按钮。
② 弹出列表框，点选【添加至主屏幕】按钮。
③ 弹出【添加至主屏幕】列表框，确认信息，点击【添加】按钮。

④ 返回到主屏幕，即可看到刚浏览的网页已经作为一个应用程序添加至主屏幕中。只需一点，就可以快速打开网页。
⑤ 当需要和朋友分享网址链接时，在弹出列表框中点选【邮寄此网页的链接】按钮。

⑥ 稍等一会自动打开【Mail】应用程序，然后点选邮箱类型，登录邮箱。这里对邮箱的操作不作详细介绍，详细介绍参见4.1.2小节。

⑦ 如果用户需要打印，在弹出列表框中点选【打印】按钮。

⑧ 弹出【打印机选项】列表框，根据需要选择打印机和打印份数。

⑨ 设置完毕，点击【打印】按钮即可开始打印。

◆ 搜索栏

浏览器Safari自带搜索引擎，用户如果想搜索时，无需进入百度、谷歌等搜索页面。只需在搜索栏中输入对应的关键词，即可快速搜索。用户也可以指定搜索引擎，浏览器Safari目前支持的搜索引擎有谷歌、雅虎和Bing三种。

① 输入关键字【ipad2】。

② 输入完毕之后，在虚拟键盘处点击【搜索】按钮。

③ 随即弹出以谷歌搜索引擎搜索的iPad2相关内容。

④ 在主屏幕处点选【设置】图标，进入【设置】界面，点选【Safari】选项。

⑤ 点击【搜索引擎】处右箭头。

⑥ 随即进入搜索引擎界面，用户可根据需要点选搜索引擎。这里点选【Yahoo！】选项。

⑦ 此时打开一个网页，即可发现搜索栏中的搜索引擎已经指定为Yahoo！。

4.1.2 电子邮件

用户可以利用iPhone 4和iPad中内置的Mail应用程序，快速地给好友发送电子邮件。

只要登录一次，用户邮箱即处于使用状态。当有新的邮件，会第一时间通知用户，能够提醒用户及时接收邮件。

① 打开iPad，在主屏幕处的常用程序图标处点选【Mail】图标。

② 弹出【欢迎使用Mail】界面，选择登录的邮箱类型。如果没有自己的邮箱类型，点选【其他】选项。

③ 弹出【新建帐户】界面，根据提示输入相关的信息。

④ 输入完毕，点击【下一步】按钮，登录邮箱。

⑤ 稍等一会即可进入用户邮箱界面。

提 示

用户在使用某些邮箱登录的时候，无法正常登录。这是因为用户此类邮箱没有开启POP3/SMTP服务。用户可通过其余方式进入个人邮箱界面，在设置中将此服务开启。然后再次使用iPhone 4或iPad登录邮箱即可。

接下来详细介绍一下Mail的操作界面。

① 【收件箱】按钮：打开与关闭收件箱。

② 【上一个】按钮：显示上一个邮件。

③ 【下一个】按钮：显示下一个邮件。

④ 【移动】按钮：可以将邮件移动到收件箱或发件箱。

⑤ 【删除】按钮：可以将不用的邮件删除。

⑥ 【回复】按钮：点击此按钮，可以对当前邮件进行回复、转发和打印等操作。

⑦ 【新邮件】按钮：可以快速进入新邮件书写界面。

◆ 【收件箱】按钮

① 点击左上角的【收件箱】按钮。

② 弹出【收件箱】列表框,可以查看用户收件箱中的相关邮件。点选某封邮件,即可查看内容。点击【邮箱】按钮。

③ 进入【邮箱】列表框,用户点选【收件箱】或【发件箱】选项可以查看对应的内容。

④ 进入【收件箱】列表框,该处显示的是当前更新邮箱的时间,可以随时更新查看是否有最新邮件。

⑤ 如果想对已查看的邮件进行操作,点击右上角的【编辑】按钮。

⑥ 随即进入编辑状态,选中某封需要操作的邮件。

⑦ 此时即可发现收件箱中的邮件左侧出现一个图标,表示处于可操作状态。

⑧ 用户根据需要点选【删除】或【移动】按钮进行操作。

◆ 【移动】按钮

① 打开一封邮件，然后点击上方的【移动】按钮。

② 在邮件左侧弹出【邮箱】列表框，然后轻按一个邮箱移入当前正在阅读的邮件，方便用户快速管理邮件。

◆ 【删除】按钮

① 打开一封邮件，阅读完毕之后，如果用户觉得当前邮件可以删除，只需点击上方的【删除】按钮，即可快速删除当前邮件。

◆ 【回复】按钮

① 打开一封邮件，如需回复当前邮件，点击【回复】按钮。

② 弹出一个列表框，显示当前可以进行的操作，点选【回复】选项。

③ 随即进入回复邮件界面,填写相关的信息以及回复的内容。

④ 回复内容输入完毕之后,点击【发送】按钮回复对方。

⑤ 如果想对当前邮件进行转发,点选【转发】选项。

⑥ 进入邮件转发界面,输入收件人邮箱地址和相关内容。

⑦ 输入完毕,点击【发送】按钮转发当前邮件。

⑧ 当遇到重要邮件,需打印的时候,点选【打印】选项。

⑨ 随即弹出【打印机选项】列表框,设置打印机以及打印份数。

⑩ 设置完毕,点击【打印】选项,打印邮件。

◆【新邮件】按钮

① 当需要写新邮件的时候，点击【新邮件】按钮。

② 进入【新邮件】界面，用户按照要求输入相关内容即可。在输入【收件人】和【抄送/密送】的时候，直接点击右侧的【添加】按钮。

③ 弹出【所有联系人】列表框，可以快速添加通讯录中联系人的邮箱。

④ 输入完毕，点击【发送】按钮即可发送邮件。

⑤ 在写邮件的过程中，如果想退出，直接点击【取消】按钮。

⑥ 弹出列表框，可以对草稿进行删除和存储操作，点选【存储草稿】选项。

⑦ 进入【草稿】列表框中，即会发现刚存储的草稿存储在此。选择要操作的邮件，然后进行编辑发送即可。

◆ 新邮件通知

在使用Mail应用程序登录邮箱的时候，只需登录一次，就能保证当前使用的邮箱时刻在线状态。如果有新的邮件，会及时通知用户。这样能够保证用户及时处理重要的邮件。

① 进入主屏幕，直接观看【Mail】应用程序图标右上角是否有数字出现。如果出现数字，则数字表示当前未读邮件的数量。如当前显示2，表示有2封未读邮件。点击【Mail】应用程序图标。

② 进入邮件界面，点击【收件箱】按钮。

③ 弹出【收件箱】列表框，直接点击未读邮件查看即可。

◆ 退出邮箱

在使用Mail的时候，用户经常需要切换邮箱登录。这就需要先退出已经登录的邮箱。新手用户在使用的过程中，不知如何退出。这里详细介绍如何退出邮箱。

① 返回到主屏幕，直接点击【设置】应用程序图标。

② 进入设置界面，点选【邮件、通讯录、日历】选项。

③ 弹出【邮件、通讯录、日历】列表框，在【帐户】组合框中选择要退出的邮箱帐户。

④ 随即弹出该账户的相关信息，在【帐户】栏中，设置为不启用状态。

⑤ 设置完毕，点击【完成】按钮。返回主屏幕，再次登录【Mail】需重新输入新的账号。

4.1.3 iPod—尽享影音盛宴

在iPhone 4和iPad的机器中内置的iPod应用程序，是一款播放视频和音乐的好软件。

① 音量控制区：调节音量大小。

② 播放控制区：通过点选按钮，可以进行上一首、播放/暂停、下一首和播放进度选择等操作。

③ 搜索栏：输入关键字，快速查找当前页面的信息。

④ 资料库：显示用户设备中所有播放列表。

⑤ 内容显示区：显示当前类别中的资源。

⑥ 正在播放：显示当前正在播放的界面专辑封面以及相关信息。

⑦ 【添加】按钮：可以快速创建新的播放列表。

⑧ 【Genius】按钮：快速进入Genius播放列表。

⑨ 分类显示区：通过不同的类别显示当前列表中的资源。

用户如果需要播放音乐和视频，直接在内容显示区点选播放的节目即可。

音乐播放界面

视频播放界面

在播放音乐和视频的时候，如果想对当前播放的音乐和视频进行操作，直接在屏幕处点击一下，会显示出所有播放控制按钮。

用户通过这些播放控制按钮，可以选择上一个视频、下一个视频、播放/暂停、调节音量大小、拖动播放进度和退出当前界面等操作。

音乐播放控制界面

视频播放控制界面

◆ 【添加】按钮

通过【添加】按钮，用户可以添加新的播放列表，可以将自己喜欢的音乐和视频添加到一个播放列表中，方便用户欣赏音乐。

① 点击左下角的【添加】按钮。

② 弹出【新播放列表】对话框，在文本框中输入播放列表的名称。

③ 输入完毕，点击【存储】按钮

④ 随即进入添加界面，选择要添加至新播放列表的选项，然后点击右侧的【添加】按钮。

⑤ 选中的选项会变成灰色。如果选中，不可取消选择。选择完毕，点击【完成】按钮。

⑥ 进入新播放列表内容显示界面，显示已添加至当前播放列表的内容。如果确认添加内容，点击【完成】按钮即可。

⑦ 此时新的播放列表内容添加完成，如果仍需添加新的内容或删除某些内容，点击【编辑】按钮。

⑧ 此时当前列表中的选项处于可编辑状态,选择其中一个选项,点击该选项左侧的红色小按钮。

⑨ 在选项的右侧显示出【删除】按钮,点击【删除】按钮。直接删除该选项。

⑩ 如果用户想继续添加新的内容,直接点击【添加歌曲】按钮,继续添加新的内容。

4.1.4 通讯录和备忘录

1. 通讯录

在前面介绍了有关通讯录的基本功能。在这里介绍一下,如何发送自己重要的联系方式至邮箱,让联系方式不丢失。

① 打开通讯录,然后在【所有联系人】列表栏中选择要发送邮件的联系人。

② 选中之后,在右侧会显示该联系人的相关信息。确认之后,点击【共享】按钮。

③ 弹出【联系人】界面,用户按照提示输入收件人邮箱地址以及相关信息。

④ 输入完毕,点击【发送】按钮。

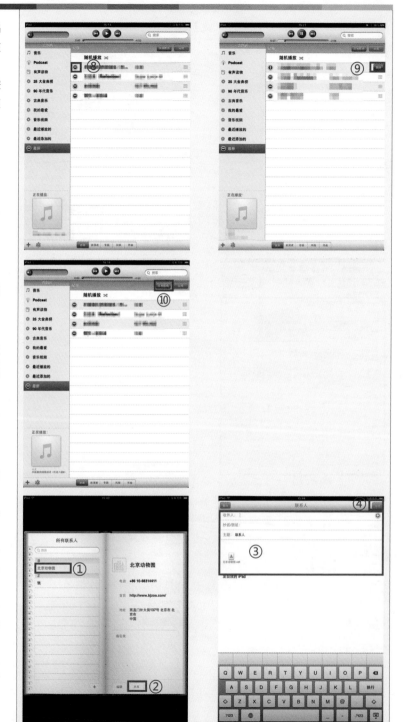

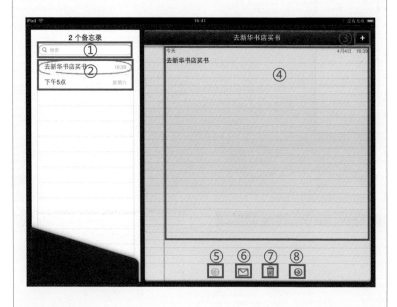

2. 备忘录

要做一个心细的人，只要有了备忘录，则大事小事全提醒。

① 搜索栏：输入关键字，快速搜索备忘录。

② 备忘录：显示所有备忘录。

③ 【添加】按钮：创建新的备忘录。

④ 内容显示区：显示备忘录的具体内容。

⑤ 【上一个】按钮：点击可以快速查看上一个备忘录。

⑥ 【邮件】按钮：可以将当前备忘录内容通过邮件发送出去。

⑦ 【删除】按钮：删除备忘录。

⑧ 【下一个】按钮：点击可以快速查看下一个备忘录。

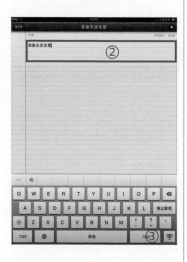

◆ 【添加】按钮

通过【添加】按钮，用户可以添加新的备忘录。

① 点击【添加】按钮。

② 弹出一个新的界面，然后输入备忘录的内容。

③ 输入完毕，直接点击该按钮，隐藏虚拟键盘。

④ 此时再次点击【备忘录】按钮。

⑤ 弹出【备忘录】列表框，即可发现备忘录已添加成功。

◆ 【邮件】按钮

用户可以直接将重要的备忘录内容发送到自己的邮箱，这样能够保证随时随地都能查看到备忘录。

① 打开要发送的备忘录，然后点击下方的【邮件】按钮。

② 随即弹出邮件发送界面，按照要求输入相关信息。

③ 输入完毕，点击【发送】按钮发送邮件。这样就可以将备忘录存储在邮件中。

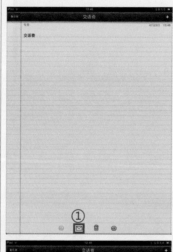

◆ 【删除】按钮

备忘录是有使用期限的，当用户已经做完备忘录中的内容之后，就可以将对应的备忘录删除。

① 打开需要删除的备忘录，然后点击下方的【删除】按钮。

② 随即弹出一个【删除备忘录】按钮，点击此按钮即可删除当前的备忘录。

4.1.5 地图

出行最重要的帮手就是地图。iPhone 4和iPad内置的地图程序，为用户提供了全球大多数地图信息，包括经典地图、卫星地图、混合地图和地形地图。并可显示当前交通状况。

① 首先确定当前设备已经联网。进入主屏幕，点击【地图】应用程序。

② 稍等一会即可打开地图，显示上次打开的界面。

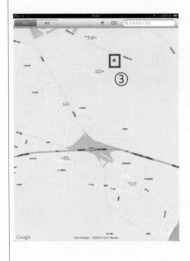

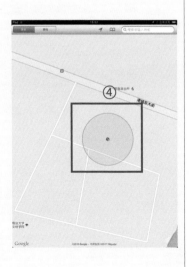

③ 如果开启了【定位服务】，稍等一会即会显示用户当前地址。

④ 放大地图即可查看用户当前所在的区域范围。

① 【搜索】按钮：通过搜索功能，可以快速查找位置。

② 【路线】按钮：使用此功能，只需输入起点和终点，就能够为用户提供方便快捷的导航功能。

③ 【定位】按钮：能够快速地定位到用户当前的地理位置。

④ 【快速查找】按钮：用户可以通过此功能，快速查找最近搜索过的地点、联系人的地理位置以及添加到书签中的地理位置。

⑤ 搜索栏：在搜索栏中输入要搜索的地理位置，可以快速查找目标位置。

◆ 【搜索】按钮

用户可以通过地图的搜索功能，使用移动和缩放等操作查找位置。或者在右侧的搜索栏输入具体地理位置快速查找。

① 点击【搜索】按钮。

② 用户可以直接通过缩放操作，查找地理位置。

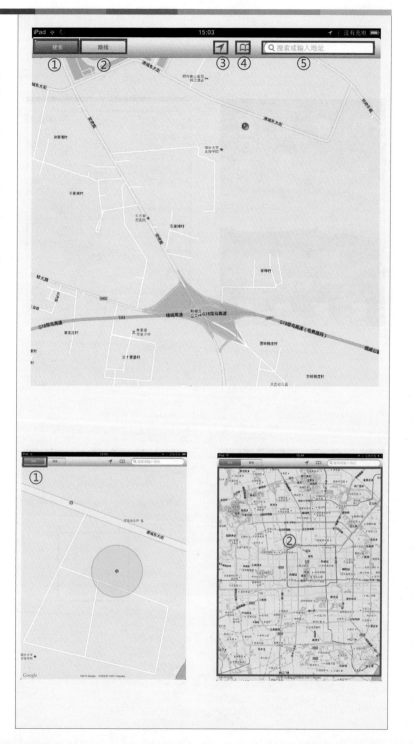

③ 用户也可以通过双击屏幕，缩小查找范围。

④ 用户在搜索栏中输入指定的位置，如输入"天安门"。输入完毕，直接点击虚拟键盘中的【搜索】按钮进行搜索。

⑤ 稍等一会即会显示搜索的位置，系统自动放置一个大头针在搜索的位置，并显示搜索的名称。用户可直接点击名称右侧的图标。

⑥ 弹出【天安门】列表框，显示当前位置的相关信息。在下方分别有【添加到通讯录】、【共享位置】和【添加到书签】3个按钮。

⑦ 当点击【添加到通讯录】按钮时，可以将当前位置设置为联系人。可以将当前位置作为新联系人添加到通讯录中，也可以直接添加到已有联系人中。

⑧ 当点击【共享位置】按钮时，可以将当前位置通过邮件的方式发送给自己的好友。

⑨ 当点击【添加到书签】按钮时，弹出【添加书签】列表框，用户可以将当前位置添加到书签中，方便下次查找。在文本框中输入书签的名称。

⑩ 输入完毕，点击【存储】按钮存储书签。

◆ 【路线】按钮

当用户旅游或者出差到了陌生的城市时，只知道起点和终点而不知道路线时，会很麻烦。只要使用地图程序中的路线功能，可以轻松帮用户导航，避免了问路的烦恼。

① 点击【路线】按钮，随即进入路线界面。

② 在文本框中分别输入起始点和终点位置。也可以直接点击文本框中间的按钮，切换起始点和终点。输入完毕，点击虚拟键盘中的【搜索】按钮。

③ 随即在地图中显示出路线，并提供了自驾车、公交和步行3种交通工具的路线信息。

④ 点击【自驾车】图标，即会显示自驾车路线以及相关信息提示。

⑤ 点击【公交】图标，即会显示公交路线以及相关信息提示。

⑥ 点击【步行】图标，即会显示步行路线以及相关信息提示。

⑦ 当选择好出行方式之后，直接点击【出发】按钮。

⑧ 随即开始导航，在下面的提示框中提示行驶路线的选择以及行驶的时间。

⑨ 用户可以通过右侧的左右箭头选择导航进度。如果想查看整个路线的状况。用户也可以直接点击提示框左侧的【路线预览】按钮。

⑩ 弹出【路线】列表框，用户可以直接查看所有路线的信息。也可以直接点选查看其中某一段路程的详细信息。

◆ 【定位】按钮

当用户旅游或者出差到了陌生的城市时，时常无法知晓自己当前的位置。这给出行带来了很大的麻烦，用户可以通过地图的定位功能，在地图中快速找到当前的位置。

① 打开地图应用程序，点击【定位】按钮。

② 稍等一会即可发现地图自动寻找当前位置，并用一个蓝色大头针定位到用户当前地理位置。

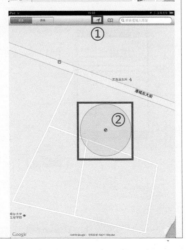

◆ 【快速查找】按钮

如果用户觉得每次查找路线的时候，重新输入位置很麻烦。可以使用【快速查找】按钮，可以查看书签、最近搜索和通讯录联系人的地址，并可快速当将其设置为路线的起点或终点。

① 点击【快速查找】按钮。

② 稍等一会即会弹出【书签】列表框。用户也许弹出列表框会有所不同，系统会自动根据用户上次的选择打开对应的列表。点选其中一个书签。

③ 弹出一个列表框，用户可以将当前书签设置为起点或终点。

④ 返回到【书签】列表框，点击【编辑】按钮。

⑤ 随即可发现在书签左侧出现一个红色按钮，点击该按钮。

⑥ 在书签右侧出现【删除】按钮，点击该按钮即可删除该书签。

⑦ 点击【最近搜索】按钮，弹出【最近搜索】列表框，显示出用户最近搜索的地理位置。

⑧ 点选其中一个地理位置。

⑨ 弹出一个列表框，用户可以将当前选择的位置设置为起点或终点。

⑩ 如果用户想将最近搜索的位置删除，直接点击【清除】按钮。

⑪ 弹出列表框，用户只需点击【清除最近所有搜索】按钮即可将最近所有搜索的位置删除。如果不想清除，点击【取消】按钮即可。

⑫ 点击【通讯录】按钮，随即弹出【所有联系人】列表框，显示通讯录中所有联系人的名称。

⑬ 点选其中一个联系人。

⑭ 弹出一个列表框，用户可以将当前选择的联系人联系地址设置为起点或终点。

◆ 放置大头针

有的时候，用户如果知道地理位置，可以直接在地图中放置大头针到此位置，并快速设置该位置为路线的起点或终点。

① 如果用户想自己选择地理位置，直接将手指放在某个地理位置一段时间，此时在该位置出现大头针，并出现一个阴影，表示大头针暂时处于未放置状态。

② 选定位置之后，只需将手指离开屏幕即可，大头针即会放置到指定位置。

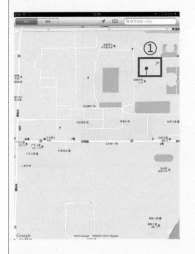
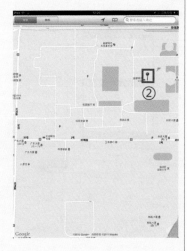

③ 此时在大头针上方会出现提示框，显示当前位置。如果用户想查看当前位置的具体信息，点击提示框右侧的按钮。

④ 弹出【已放置的大头针】列表框，显示具体地址。用户可以将当前地址设置为路线的起点或终点、将地址添加到通讯录或者书签中。如果想移除大头针，点击【移除大头针】按钮即可。

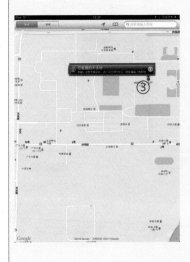

◆ 显示方式

在地图应用程序中，为用户提供了四种显示方式：经典、卫星、混合和地形。用户可以根据自身需要选择不同的显示方式。

① 在地图右下角点击一下。

② 随即屏幕呈翻页状态，用户可以在此处选择不同的显示方式以及交通状况服务的开启与关闭。也可点选【放置大头针】选项，进入放置大头针状态。

③ 点击翻页处地图的背面，即可返回到地图界面。

经典地图

卫星地图

经典地图：最常用的地图显示方式。适合用户查看具体的地址，交通路线等。

卫星地图：适合用户查看当前所在地地球表面信息，如房屋建筑等。

混合地图：综合经典地图和卫星地图，将地点直接标注在地图上。可直接查看对应位置附近的地球表面信息等。

地形地图：显示当前位置的地形地貌。

混合地图

地形地图

◆ 交通状况

若想知道当前交通状况，可以直接开启地图中交通状况服务。用户可以随时查看当前交通信息，方便用户选择出行路线。

① 进入地图设置界面后，将【覆盖】组中的【交通状况】服务设置为开启状态。

② 稍等一会解开看到当前地图中交通状况。系统分别用红色、黄色和绿色表示不同的交通信息。红色表示当前路线处于非常拥挤状态，黄色表示当前路线处于比较拥挤状态，绿色表示当前路线处于畅通状态。

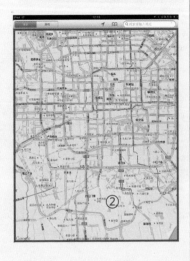

4.1.6 App Store

苹果公司直接将该应用商店内置到用户机器上，方便用户购买或免费试用，让应用程序直接下载到iPhone 4和iPad中。应用商店中的程序种类繁多，包括书籍、教育、生活、娱乐、导航、摄影、体育和社交等。

4.1.7 日历

在iPhone 4和iPad中，日历是非常实用的工具。它可以作为一个小的记事本，用户可以在日历中添加事件。也可以作为一个备忘录，帮助用户记住重要的事件并到时提醒。

① 【日历】按钮：可以设置显示与隐藏所有日历。

② 显示方式：可以按日、周、月和列表四种方式显示日历。

③ 搜索栏：输入关键字，快速查看相应的事件。

④ 事件：显示事件的相关信息。

⑤ 【今天】按钮：点击此按钮，可快速将日期定位到今天。

⑥ 【前一天】按钮：点击此按钮，即可显示当前选定日期的前一天。

⑦ 日期轴：用户可以直接在日期轴中点选日期。

⑧ 【后一天】按钮：点击此按钮，即可显示当前选定的日期后一天。

⑨ 【添加事件】按钮：可以添加新事件。

◆ 显示方式

用户可以根据自身需要，将日历设
置为不同的显示方式。可以将日历
设置为日、周、月和列表四种显示
方式。

① 点击【日】按钮。

② 此时日历以日为单位显示，并显
示当前日期、事件以及时间段。

③ 点击【周】按钮。

④ 此时日历以周为单位显示，当前
日期以不同颜色显示。

⑤ 点击【月】按钮。

⑥ 当前日历显示整个月的日期并显
示事件。

⑦ 点击【列表】按钮。

⑧ 将所有已创建的事件以列表的方
式显示，点选其中一个事件即可查
看。

⑨ 显示所选事件的详细信息，用户
也可点击右上角的【编辑】按钮重新
编辑事件。

◆ 添加新事件

用户可以通过【添加事件】按钮添加新的事件。

① 点击【添加事件】按钮。
② 弹出【添加事件】列表框，用户按照要求输入事件名称以及位置。
③ 然后点选【开始结束】选项。

④ 弹出【开始与结束】列表框，用户在此设置事件开始与结束的时间。
⑤ 如果创建的新事件用户经常用到，用户可以设置为重复。点选【重复】选项。

⑥ 弹出【重复事件】列表框，用户可以在此设置重复的时间。
⑦ 设置完重复时间后，用户可以设置提醒时间，点选【提醒】选项。

⑧ 弹出【事件提醒】列表框，用户
根据需要点选提醒时间。

⑨ 返回到【添加事件】列表框，用
户可以设置第二次提醒。可输入相关
提示内容。

⑩ 设置完成后，点击【完成】按
钮。

⑪ 返回日历界面，即可看到刚添加
的新事件以及相关信息。

在iPhone 4的日历程序中，只有列
表、日和月3种显示方式。其他使
用方法与iPad类似。

4.1.8 Game Center

Game Center（苹果游戏中心）是专为游戏玩家设计的社交网络平台，Game Center简化了兼容游戏中多人对战的配对，另外它可以通过积分榜为玩家提供炫耀的资本。借助Game Center，用户可以收发好友请求，可以邀请好友通过互联网参与多人游戏。除此之外，系统还可以自动为用户寻找游戏玩伴。用户可以在Game Center中看到游戏中的玩家排名和成绩，并且可以借助好友推荐来寻找新游戏。

◆ 登录和四种模式

① 点选主屏幕中的【Game Center】图标。

② 稍等一会即可进入到Game Center登录界面。如果用户已有账号可直接输入账号密码登录。如果没有账号，点击【创建新帐户】按钮创建新帐户。

③ 输入注册好的Apple账户和密码后登录。如果是第一次使用此账号登录，弹出【创建档案】列表框，用户按照提示填写相关档案信息。

④ 稍等一会进入到Game Center中心，进入【我】模式，在该模式中显示用户设置的昵称、账户名、朋友、游戏和成就等。

⑤ 点选【朋友】选项，可以查看当前用户的朋友。

⑥ 如果用户想添加新的好友，点击右上角的【添加】按钮。

⑦ 弹出【交友邀请】列表框。用户按照提示输入相关的信息。输入完毕，点击列表框右上角的【发送】按钮。

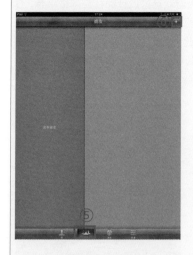

⑧ 随即弹出【已发送交友邀请】提示框，提示用户如果对方接受邀请，该好友将出现在用户的朋友列表中。点击【好】按钮关闭该提示框。

⑨ 点选【游戏】选项进入游戏模式。显示当前用户Game Center中已安装的游戏。

⑩ 如果用户想添加其他的游戏，点击【查找Game Center游戏】按钮。

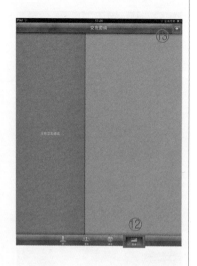

⑪ 随即进入【Game Center】界面，用户可以在此查找更多的Game Center游戏，点击安装即可。
⑫ 点选【邀请】选项进入到邀请模式，用户可以在此发送好友邀请。
⑬ 点击右上角的【添加】好友，后面的操作与在【朋友】模式中添加好友是相同的。

◆ 查看排名和成就

在玩游戏时，用户的相关成绩都会被自动发送到Game Center中，系统会自动将排名和成就都发布在Game Center上，用户可以很方便地查看自己的排名和成就。

① 进入到【游戏】模式，点选其中一个游戏。
② 进入所选游戏的界面，可以查看排行榜、成就、最近玩过该游戏的玩家和告诉朋友等。点选【排行榜】选项。

③ 进入到【排行榜】界面，点选其中一个选项即可查看排名。这里点选【Total Score】选项。

④ 进入到【Total Score】界面，用户可选择条件查看。点选【今天】按钮，即可查看今天玩该游戏的排名。

⑤ 点选【本周】按钮，即可查看本周玩该游戏的排名。

⑥ 点选【所有时间】按钮，即可查看玩该游戏从开始到现在获得的成绩的排名。

⑦ 点选【成就】选项。

⑧ 进入到【成就】界面，用户可以看到玩该游戏所获得的成就。

用户可以查看最近玩过该游戏的朋友，以及告诉朋友自己玩过的游戏，可以将好的游戏通过邮件的方式推荐给自己的好友。

进入到【排行榜】界面，其界面并非固定不变的。所以根据不同的游戏，其界面的选项也有所不同。

4.1.9 照片

在iPhone 4和iPad中，照片功能都是非常重要的功能。由于iPad屏幕大，就像一个电子相框，所以适合相片的展示。

◆ 预览相片

① 进入到主屏幕，点选【照片】图标。

② 进入到【相簿】界面，显示当前设备中已有的相簿。

③ 点击【照片】按钮，即可查看所有的照片。

④ 点选需要查看的照片。

⑤ 此时即可全屏幕查看该照片。

◆ 基本操作

① 用户可以放大图片查看细微之处，点选需要放大的地方，然后使用放大操作放大该处。

② 此时即可看到放大处的内容。

③ 用户也可以进行将图片进行旋转等操作。

④ 利用缩小操作，可以将图片列表中的图片缩小挤压在一起。

⑤ 如果想将当前照片发送给好友，可点击该按钮。

⑥ 弹出列表框，用户可以将照片发送给好友，也可执行【用作墙纸】、【指定给联系人】、【打印】和【拷贝照片】等操作。

⑦ 当想删除当前照片，点击【删除】按钮。

⑧ 弹出【删除照片】按钮，点击该按钮即可删除当前照片。

在iPhone 4中，浏览照片的操作和在iPad中相似。在iPhone 4中，可以一次性删除多张照片。

① 用iPhone 4浏览某张照片，点击【播放】按钮，系统将自动进行播放浏览照片。

② 点击该按钮。

③ 弹出列表框，内容与iPad类似。【用彩信发送】功能是iPhone 4特有的。

④ 当用户想一次性删除多张照片的时，将界面定位在【相机胶卷】界面，点击该按钮。

⑤ 进入到【选择照片】界面，在下方显示出【共享】、【拷贝】、【打印】和【删除】4个按钮，处于不可用状态。

⑥ 点选多个需要删除的照片。

⑦ 此时下方的4个按钮处于可用状态，点击【删除】按钮。

⑧ 此时用户即可点选多个需要删除的照片。

◆ 幻灯片显示

在iPad中有更强大的功能，可以通过幻灯片显示来放映用户存储的相片。用户只需简单的设置，即可享受幻灯片放映带来的乐趣，轻松看"相片"大片。

① 点击上方的【幻灯片显示】按钮。

② 弹出【幻灯片显示选项】列表框，用户可根据需要是否开启播放音乐服务，如果开启，可选择播放的音乐曲目。点选【音乐】选项。

③ 进入【歌曲】列表框，用户点选需要的歌曲即可。

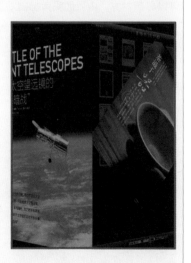

④ 用户可设置过渡效果，系统提供了【立体翻转】、【渐隐】、【波纹】、【擦除】和【折纸效果】5种效果。

⑤ 设置完毕，点击【开始播放幻灯片显示】按钮播放幻灯片。

⑥ 显示出幻灯片播放的效果。

如果用户已经关闭屏幕了，但是想尽快给朋友展示照片。可以使用下面的方法：

在锁定状态下点击此按钮即可进入到照片浏览模式，同样支持纵向、横向以及屏幕翻转的功能。

4.2 iPhone 4特有内置程序

iPhone 4作为一部手机，内置了电话、短信、相机、股市和天气等特有的程序。这些程序都是iPad所无法比拟的。

4.2.1 电话与短信

iPhone 4作为一款智能手机，最主要的功能就是其电话与短信功能。拨打电话的时候，用户可以通过FaceTime进行视频通话，短信的显示设置非常人性化，符合用户的阅读习惯。

1. 电话

只要手指在屏幕上轻松点击几下，即可拨打、接听电话等。在通话方面，iPhone 4最大的特色就是FaceTime功能，实现了可视频电话。只需用手机就可以看到对方。内置的噪声抑制功能也让通话更清晰。

当用户点击【电话】图标时，每次打开进入到的界面或许有所不同。这是因为系统自动记忆用户上次操作的最终界面。

【电话】程序主要包括：个人收藏、最近通话、通讯录和拨号键盘四大块内容。
个人收藏：主要收藏用户经常联系的朋友。
最近通话：显示用户最近的通话记录。
通讯录：显示用户手机中的所有联系人。
拨号键盘：直接输入联系人号码进行拨打。

① 点选iPhone 4主屏幕上的【电话】图标。

② 进入【个人收藏】界面，并显示出个人收藏的相关信息。

◆ 个人收藏

如果经常需要与某些人进行联系，而每次在通讯录中查找比较麻烦，则可将该联系人添加到个人收藏中。

① 进入【个人收藏】界面。点击其中一个联系人右侧的箭头按钮可查看该联系人的详细信息。

② 弹出【简介】界面，显示该联系人的详细信息。如果用户想重新编辑该简介，点击右上方的【编辑】按钮。

③ 进入编辑状态，用户可以重新输入相关信息，也可以添加该联系人的照片至简介中。编辑完成，点击【完成】按钮。

④ 返回到【简介】界面，当用户想给该联系人发送短信时，直接在当前界面点选【短信】选项。

⑤ 进入【新短信】编辑界面，输入
短信内容，输入完毕，点击【发送】
按钮发送。

⑥ 点选【FaceTime】选项，可开启
视频通话。

⑦ 点选【共享联系人】选项可将联
系人简介发送给好友。

⑧ 进入【新彩信】界面，系统已将
联系人信息添加到发送栏，也可添加
照片。输入收件人手机号码，点击
【发送】按钮发送。

⑨ 返回到【简介】界面，点选【添
加到个人收藏】选项。

⑩ 点击之后，【简介】界面中的【添加到个人收藏】选项消失。点击【个人收藏】按钮。

⑪ 返回到【个人收藏】界面，看到该收藏右侧有个摄像头标记，表示拨打此联系人电话时，将进行视频通话。

⑫ 点击【添加】按钮。

⑬ 弹出【所有联系人】界面，点选需要添加到个人收藏的联系人。

⑭ 弹出列表框，提示将所选联系人手机号码添加到个人收藏。用户可选择【语音呼叫】和【FaceTime】两种方式添加到个人收藏。

⑮ 返回【个人收藏】界面，联系人【张三】已添加至个人收藏中。如需删除某个联系人，点击【编辑】按钮。

⑯ 进入编辑模式，选择要删除的联系人，点击其左侧对应的按钮。

⑰ 然后点击其右侧的【删除】按钮删除该联系人。

⑱ 点选需要拨打的联系人名称即可快速拨打电话。

◆ 最近通话

在最近通话中，显示用户最近通话记录，包括未接电话、已拨电话。

① 点选【最近通话】选项。

② 进入【全部通话】界面，选择一个通话联系人，点击其右侧对应的该按钮。

③ 进入【简介】界面，可以查看到通话时间记录。

④ 点击【未接来电】按钮。

⑤ 查看所有未接来电，联系人名称为红色，点击其右侧对应的该按钮。

⑥ 进入【简介】界面，显示出相关通话的时间。

⑦ 如果想清除当前所有的通话记录，点击【清除】按钮。

⑧ 弹出列表框，点击【清除最近所有通话】按钮即可删除所有通话记录。

◆ 通讯录

用户可以在通讯录中查找到当前手机中所有存储的联系人联系方式和其他相关信息。也可以添加新的联系人。

① 点选【通讯录】选项。

② 进入【所有联系人】界面，显示所有联系人名称。点击搜索栏空白处。

③ 进入到搜索界面，在搜索栏中输入关键字。

④ 显示符合搜索条件的联系人名称。

⑤ 返回到【所有联系人】界面，点击【添加】按钮。

⑥ 进入【新联系人】界面，按照提示填写相关信息。在【添加照片】处点击一下。

⑦ 弹出列表框，用户可根据需要选择何种方式添加用户联系人照片。点击【拍照】按钮，当即可以用手机拍照相片。点击【选取照片】按钮。

⑧ 进入【相簿】界面，可以从用户当前手机设备中选择照片。

◆ 拨号键盘

用户可以在拨号键盘中输入联系人号码快速拨打。

① 点选【拨号键盘】选项进入拨号界面。

② 显示用来拨打电话的虚拟键盘。

③ 如果是未保存的号码，用户可点击该按钮创建联系人。

④ 弹出列表框，用户可用该号码创建新联系人，也可将其添加到现有联系人中。

⑤ 在号码栏处点击即可选中该号码，用户可进行【拷贝】和【粘贴】操作。

⑥ 点击【呼叫】按钮。

内置程序大解析

⑦ 开始进入正在呼叫状态。

⑧ 当对方接听后，显示通话时间。
⑨ 点选【FaceTime】选项。

⑩ 打开视频通话，屏幕显示对方的视频。点击【取消】按钮即可取消FaceTime视频。

⑪ 点选【静音】选项，开启静音功能。

⑫ 点选【免提】选项，开启免提功能。

⑬ 点选【添加通话】选项，可以添加新的通话。

⑭ 点选【通讯录】选项，可以浏览通讯录。

⑮ 点击【结束】按钮，结束通话。

⑯ 当用户在通话时，进行其他操作时，只需在此处点击一下，即可返回到通话界面。

⑰ 有电话呼入的时候，点击【拒绝】按钮拒绝接听，这里点击【接听】按钮接听。

⑱ 进入通话界面。

2. 短信

用iPhone 4发送的短信可包含文字和照片等信息。

◆ 查看与删除短信

① 在主屏幕点选【短信】图标，进入【短信】界面。在iPhone 4中，将所有同一联系人短信集中在一起。点选某条短信即可查看该联系人的所有短信。点击【编辑】按钮。

② 点选需要删除的短信，在右侧点击【删除】按钮删除短信。

③ 点击【呼叫】按钮，快速拨打发信人电话。

④ 点击【FaceTime】按钮，可快速进行视频通话。

⑤ 点击【添加联系人】按钮，可将发信人添加到通讯录中。

⑥ 点击此处，可快速回复。

⑦ 点击【编辑】按钮。

⑧ 进入编辑状态，点选要删除的短信。

⑨点击【删除】按钮即可删除选中的短信。

⑩ 点击【清除全部】按钮，可删除该联系人所有短信。

⑪ 点击【转发】按钮，可将选中的短信转发给其他联系人。

⑫ 进入【新短信】界面，按照提示
输入相关信息，点击【发送】按钮转
发选中的短信。

⑬ 成功转发已选中的短信。

◆ 接收与发送短信

① 进入【短信】界面，点击【新短
信】按钮。

② 进入【新短信】界面，点击该按
钮，可添加照片至短信中。

③ 填写收件人和输入短信内容，输
入完毕点击【发送】按钮发送。

④ 显示短信发送的进度。

⑤ 在聊天界面中显示自己发送的短信。

⑥ 显示对方回复的信息。

⑦ 点击【编辑】按钮。

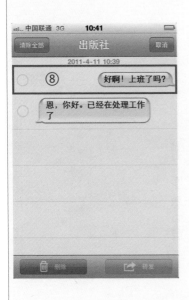

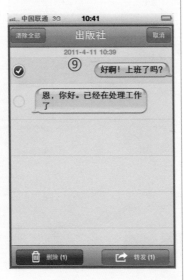

⑧ 点选需要操作的短信对应左侧的圆圈。

⑨ 可以对已选中的短信进行删除和转发操作。点击【清除全部】按钮可删除当前界面所有短信。

⑩ 当用户用手机进行操作时，收到短信时，会弹出提示框，并显示相关短信内容，点击【回复】按钮回复该短信。

⑪ 进入短信回复界面。

4.2.2 个人天气预报

在iPhone 4中，内置了【天气】应用程序。有了它，用户简单设置一下就可以快速知道未来六天某个城市的天气情况，特别适合经常出差以及旅游的人。

① 在主屏幕中点击【天气】图标。

② 进入【天气】页面，显示出用户已经设置的城市未来六天的天气信息。在屏幕处点击然后向左拖动。

③ 随即弹出新的城市天气信息。
④ 此处显示的白点数，表示当前已设置的城市数量。

⑤ 显示当前天气信息更新的时间。
⑥ 点击该按钮可对当前设置的城市重新设置。

⑦ 进入【天气】界面，用户可选择以摄氏度或华氏温度显示。可选择删除已设置的城市。
⑧ 点击该按钮可添加新的城市。

⑨ 进入编辑界面，输入需要添加的城市名、省名或邮政编码。并非所有城市都可添加，只有系统存在的城市才可以添加。设置完毕，点击【完成】按钮。

⑩ 添加成功即可查看刚添加城市的天气信息。点左下角的【Yahoo】按钮。

⑪ 打开与当前城市有关的相关信息。

天气面板呈淡蓝色，表示该城市处于白天。

天气面板呈暗紫色，表示当前城市处于黑夜。

4.2.3 相机

iPhone 4拥有2个摄像头，后置摄像头是500万像素，并配备了LED闪光灯，前置摄像头是30万像素。在iPad 2中也有相机功能，随时随地都可以用来拍照。

① 点选【相机】图标。
② 进入相机模式，点击【自动】，用户可根据需要选择是否开启闪关灯。
③ 点击该按钮即可拍照。
④ 显示用户拍照的上一张相片。
⑤ 将此处的滑块移动到最右边。

⑥ 进入视频拍照模式，点击【开始】按钮。

⑦ 开始录制视频，显示录制时长。再次点击【开始】按钮停止录制视频。

⑧ 将相机模式切换到拍照模式。然后点击【切换】按钮。

⑨ 此时切换到前置摄像头，用户可以使用iPhone 4中的前置摄像头进行自拍。在此处点击一下。随即进入到照片应用程序中，显示已拍摄的相片。

当用户想使用前置摄像头拍照的时候，无法在视频模式下进行拍照。用户必须将相机的模式切换到拍照模式。

Lesson 05

无所不能
的iPad和iPhone

你是如何使用iPad和iPhone的？难道只是用来打电话、发短信、看视频和浏览网页？这样就能满足了吗？本章介绍如何让你的iPad 和iPhone High起来。

5.1 阅读

iPhone 4和iPad都是天生的阅读工具，宽大的屏幕为用户带来了全新的体验。通过iPhone 4和iPad，用户可以浏览天下新闻、钻研浩瀚书库、品味畅销小说和关心汽车、时尚以及财经信息等。

5.1.1 新浪新闻和南周阅读器

1 新浪新闻 HD（iPad）

新浪新闻 HD是一款适用于iPad的新闻浏览应用软件。在iPad上使用该软件，用户可以浏览最新的资讯，包括新闻、财经、体育、科技和娱乐等，还可查看高清精彩图片，享受专业的资讯服务。

首先将该软件下载并同步到iPad上。

① 切换到【新浪新闻 HD】所在的界面，点击该图标，运行【新浪新闻HD】软件。

② 打开【新浪新闻】首页，点击【向下】按钮。

③ 在弹出的列表框中选择想要查看的信息的类别，这里点击【体育】选项。

④ 切换到【新浪体育】主页，点击想要查看的新闻标题。

⑤ 切换到该新闻的详细信息界面。

⑥ 点击【后退】按钮会返回到上一个界面。点击【首页】按钮，会返回到【新浪体育】主页。

⑦ 点击【A-】和【A+】按钮，可以调整正文字体大小。点击【滚动新闻】按钮，可以查看实时的滚动新闻。

⑧ 点击【共享】按钮，弹出【请先登录到新浪微博】列表框，用户在登录后可以将该新闻分享到新浪微博中。

⑨ 点击【首页】中的【设置】按钮，在弹出的【设置】列表框，可以设置账户、天气、离线阅读和清理临时文件等。

2 南周阅读器（iPhone）

南周阅读器（iPhone）聚合了南方周末报系旗下的《南方周末》、《南方人物周刊》、《名牌》的精华文章以及infzm.com原创资讯。此软件也可以在iPad上使用。

① 切换到【南周阅读器】所在的界面，点击运行该软件。

② 打开【南周阅读器】界面，用户需要按照界面中所提示的方法，轻按屏幕下拉，载入数据后就可以查看信息。

南周阅读器（iPhone）上有热点新闻、南周专栏、囧囧有声和民调中心4个板块。其中"热点新闻"具有旗舰报纸《南方周末》的特色。

【热点新闻】频道整合了南方周末报系旗下一报两刊以及infzm.com的原创内容，提供了具有公信力的严肃新闻和有深度的分析文章。

① 在【热点新闻】界面中，点击想要查看的新闻标题。

② 在弹出的阅读界面中，用户可以查看该新闻的详细信息。

③ 点击【T+】和【T−】按钮，可以调整正文的字体大小。

④ 点击【共享】按钮，可以将该新闻分享到"新浪微博"中。

⑤ 点击【新闻】按钮，可以返回到【热点新闻】界面中。

【南方专栏】频道提供了一些签约作者的最新专栏文章。

① 点击【专栏】按钮，切换到【南周专栏】界面。

② 点击想要查看的专栏。

③ 在打开的阅读界面中，用户可以查看作者对时事信息的评论。

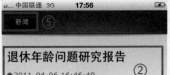

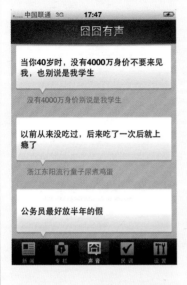

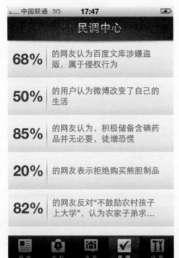

【囵囵有声】频道聚集了散落各处的南腔北调，经常能够看到一些时事人物的发人深思的言论。

【民调中心】频道相当有特色，就社会上的一些现状征询网民的意见，网民可以直接参与投票，表达观点。

5.1.2 iBooks(通用)

iBooks不仅是一个下载与阅读图书的绝妙工具，而且还是一个方便的选购图书的好助手。iBooks内含iBookstore书店，供用户下载最新的畅销书或最喜欢的经典著作。用户可以在书架上浏览书库，体验插图丰富的图书；还可以给喜爱的段落内容添加书签或备注。

1. 查找图书

首先在iPhone 4和iPad上，点击iBooks图标，运行该程序并进入虚拟书架界面。

① 点击【书店】按钮，书架就会自动移开。

② 切换到iBookstore书店首页，iBookstore书店为用户提供品种多达数以万计的图书。

③ 用户可以在书店首页中浏览图书，例如在【长篇名著】栏点击【向左】或【向右】按钮来进行翻页查看。

④ 如果列出的书中没有感兴趣的，可以点击【查看全部】链接。

⑤ 打开【长篇名著】界面，用户可以进行更多图书的查找。

⑥ 用户也可以在书店首页的【快速链接】栏中点击【中文】选项。

⑦ 切换到【中文】界面进行图书的查找。

⑧ 用户也可以通过"类别"进行图书的查找，点击【类别】按钮。

⑨ 在弹出的列表框中点击要查找图书的类别，这里点击【历史】选项。

⑩ 打开【历史】界面，用户可以通过翻页进行查找。

⑪ 点击【发布日期】按钮来查看最新发布的图书。

⑫ 点击下方工具栏中的【畅销榜首】按钮。

⑬ 切换到【畅销榜首】界面查看畅销书籍。

⑭ 点击【浏览】按钮。

⑮ 切换到【浏览】界面，通过作者姓名来查找图书。

2. 下载图书

用户在查找到感兴趣的图书后，可以通过直接下载和先预览再下载两种方式将其下载。

① 点击【免费】按钮。

② 该按钮变成加亮的【获取书籍】按钮，点击该按钮。

③ 弹出【登录】对话框，并切换到虚拟书架界面，点击【使用现有的 Apple ID】按钮。

④ 在弹出的【Apple ID密码】对话框中输入正确的电子邮件和密码。

⑤ 输入完成后，点击【好】按钮。

⑥ 返回到虚拟书架界面，该软件正在自动下载图书，图书的下方会显示下载的进度。

⑦ 下载完成后，图书的右上角多了个【新增】标签，点击该书封面。

⑧ 打开图书的正文界面，用户可以进行翻页阅读。

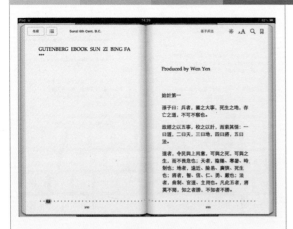

3. 阅读图书

iPad的阅读方式也是非常人性化的，用户可以根据个人习惯去调整。利用竖屏模式一眼看到整个单页页面，如果不习惯这种方式，还可以以横向屏幕的方式来阅读图书，就像是捧着一本纸质书一样。

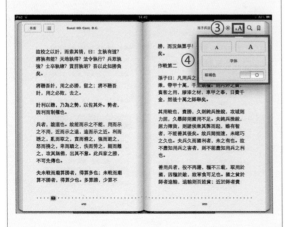

用户可以点按图书的左侧或右侧来前后移动，或是慢慢地从右至左拖动书页来翻页。

① 点击右上方工具栏中的【亮度】按钮。

② 在弹出的列表框中，用户可以通过拖动滑块来调校其亮度，方便在昏暗的环境中阅读。

③ 点击右上方工具栏中的【字体】按钮。

④ 在弹出的列表框中，用户可以通过单击按钮来设置正文字体的大小和类型，还可以拖动滑块，将字体颜色设置成"棕褐色"。

⑤ 点击【搜索】按钮。

⑥ 在弹出的列表框中输入要搜索的内容。

⑦ 点击【Search】按钮即可对全文进行搜索。

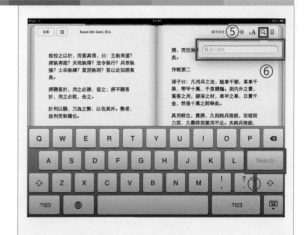

⑧ 当用户读到有趣或资讯丰富的章节处，可以点击右上角的【书签】按钮来记录该页。

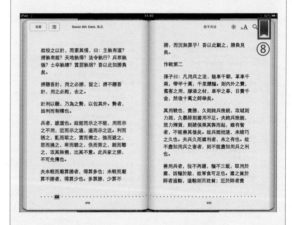

⑨ 长按正文中的某一个单词或者词语时，会弹出一个工具栏，用户可以点击其中的按钮来拷贝、高亮突出文字、添加备注、启用搜索功能或使用内置字典来寻找相关资讯。

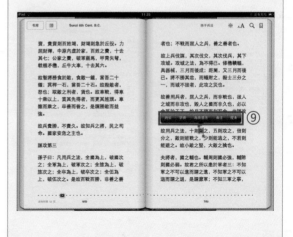

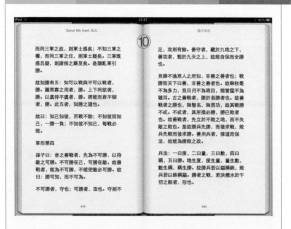

⑩ 轻轻点按一下书页的中央，iBooks会隐藏所有的程序控制按钮为用户提供更佳的阅读界面，再次点按一下便可恢复。

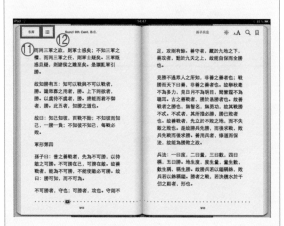

⑪ 如果用户在阅读过程中，想要阅读其他书籍或休息一下，点击【书库】按钮即可，iBooks会自动储存最后阅读的章节。

⑫ 用户想要通过目录来查找阅读的位置，可以点击【返回目录】按钮。

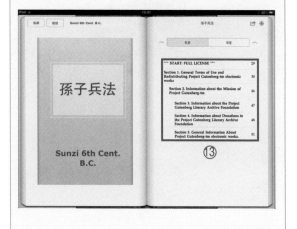

⑬ 返回到目录，接着用户就可以随时通过目录跳转功能跳到书中任何一个章节中。

⑭ 用户还可以点击目录中的【标签】按钮来查看添加的标签。

⑮ 点击相关标签便可跳转到相应页面。

提示

iBooks现在还可以阅读PDF格式的文件。用户可以通过两种方式来将PDF文档添加到iBooks当中。

一种方式是在iPad上收取邮件，然后利用iBooks去打开该附件，该PDF文件就会自动被添加到iBooks的书架上。

另一种方式是将PDF文件添加到iTunes的资料库之中然后同步到ipad里。

PDF文件打开时会自动全屏，让用户能以阅读电子书的方式来阅读PDF文档。

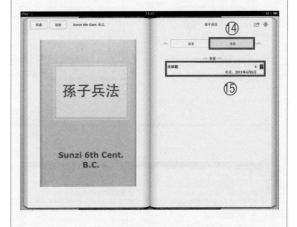

5.1.3 周末画报–iWeekly

周末画报–iWeekly分为iPhone版和iPad版，其中iPhone版兼容于iPad。下面以周末画报–iWeekly（iPhone版）为例进行介绍。

周末画报–iWeekly（iPhone版）分为趋势（iModernWeekly）、专栏（iBlogger）、城市（iCity）和画报（iPicture）4个频道，支持离线下载功能。

① 在iPhone上点击【iWeekly】图标，打开周末画报动画界面。

② 随即进入其主页，左右滑动便可
查看本周内的精美图片。

③ 点击【趋势】、【专栏】、【城
市】或【画报】按钮便可切换到相应
的界面。

《趋势》频道

【趋势】频道中收录了最近一周内
的周末画报中的头条精选。

① 点击【主页】按钮，可以返回到
【iWeekly】主页。

② 点击【设置】按钮。

《专栏》频道

③ 弹出【设置】界面，用户可以根
据需要进行设置。

【专栏】频道提供了最近一周内的
独家中文专栏博客的精彩文章，涉
及生活方式、电影、文化、Lohas
和摄影等多方面的信息。

【城市】频道为用户提供了京沪粤以及全球城市的热点推荐。还可以看到北京、上海、广州和的天气情况。

【画报】频道提供了大量的时尚品牌和大片画报，用户可以抢先欣赏。

周末画报–iWeekly（iPhone版）还提供了文章的分享、图片的分享和一键保存、倒数日期、全球汇率即时转换和五子棋游戏等很多有趣、实用的功能。

在【iWeekly】主页中，如果发现好的图片，可通过新浪微博或E–mail分享，也可保存到相册中。

① 点击【分享】按钮。
② 弹出列表框，用户可以通过点击按钮将该图片分享或保存。

《城市》频道

《画报》频道

如果用户看到好的文章，可以将通过E-mail分享给好友。

① 点击【分享】按钮。

② 弹出发送界面，在【收件人】文本框中输入收件人的邮箱。
③ 点击【发送】按钮即可。

④ 如果未提前登录邮箱，此时会提示用户需要先添加E-mail，才可以将文章分享给好友。
⑤ 点击【现在设置】按钮进行邮箱的添加操作。

在【画报】频道中，如果发现好的画报，用户可以将其分享到新浪微博或E-mail中，也可以一键将其保存到相册中。

① 用户可以通过点击【Share】或【Save】按钮来分享或保存画报。

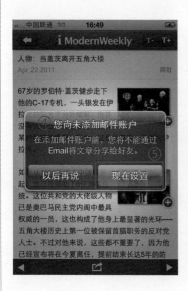

② 点击【Share】按钮，弹出【分享画报】列表框，点击【通过新浪微博分享】或【通过Email分享】按钮来选择分享方式。

③ 同样的，点击【Save】按钮，弹出【保存图片】列表框。

④ 点击【保存到相册】按钮即可将其保存到相册中。

用户在从【iWeekly】主页切换到其他频道后，会发现屏幕的右下角多了个【更多】按钮，点击该按钮，在打开的界面中，该软件为用户提供了倒数日期、五子棋游戏和全球汇率即时转换功能。

"倒数日期"是一个可以帮用户记录生活中重要日子的小工具。例如：恋人的生日还有多少天？宝宝出生已经多少天？距离世界末日还有多少天……

① 点击【添加】按钮。

② 弹出【添加新日子】界面，在【事件】中添加要记录的事件。

③ 输入完成，点击【完成】按钮。

④ 在下方类似于"密码锁"的栏中，通过上下滑动来选择事件发生的日期。

⑤ 点击【添加】按钮。

⑥ 返回到【更多】界面中，在【Days Matter倒数日】栏中可以看到刚添加的事件。

在【更多】界面中点击【五子棋】或【全球汇率转换】图标，会打开对应的界面，用户可以对弈五子棋或者进行汇率转换。

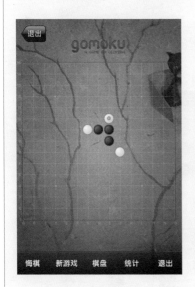

5.2 办公

iPhone 4和iPad不仅是一个集娱乐影音于一身的"宠儿"，而且是一个随身移动的办公室，"住"满了各种各样的办公助手。

5.2.1 Pages（iPad）

Pages是专为iPad设计的非常精美的文字处理软件，是适用于Mac的文字处理程序，为用户提供了创建和共享文稿所需的Apple设计的漂亮模板、易于使用的格式化选项以及高级布局工具等。该软件和微软的Word有很多相似的地方，很容易上手。

1. Pages基础知识

Pages主要分为【我的文稿】、【选取模板】和编辑文稿界面。

◆ 【我的文稿】和【选取模板】界面

【我的文稿】界面主要分为标题栏、主画面和工具按钮3部分。

① 标题栏

标题栏包括【新建文稿】按钮和标题。

② 主画面

显示当前文稿的部分内容画面、名称和创建等信息。用户可以使用手指左右滑动进行文稿的切换。

③ 工具按钮

从左到右依次为【分享】、【导入】、【新增】和【删除】按钮。

下面介绍【我的文稿】界面中各个按钮的主要功能。

(1) 【新建文稿】按钮

点击【新建文稿】按钮，会弹出【选取模板】界面，该界面为用户提供了多种常用的文件模板。

【我的文稿】界面

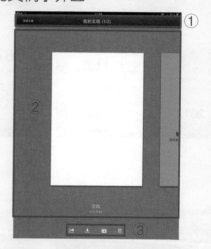

【选取模板】界面

(2)【分享】按钮

Pages提供了用电子邮件发送文稿、通过iWork.com共享、发送到iTunes、拷贝到iDisk和拷贝到WebDAV等5种分享方式。

(3)【导入】按钮

Pages可以将iTunes、iDisk和WebDAV中的文稿导入到Pages中。

(4)【新增】按钮

Pages提供了两种新增文稿的方式。一个是直接新建文稿，另一个是通过复制当前浏览界面上的文稿来创建文稿。

(5)【删除】按钮

点击弹出的【删除文稿】按钮可以直接删除当前浏览界面上的文稿。

◆ 编辑文稿界面

点击【我的文稿】界面中的当前文稿的部分内容画面，便可以打开对应的编辑文稿界面。该界面主要分为菜单栏、工具栏、标尺和编辑区域4部分。

① 菜单栏
② 工具栏
③ 标尺
④ 编辑区域

下面介绍菜单栏和工具栏的主要功能。

(1) 菜单栏

① 【我的文稿】按钮
点击可以返回到【我的文稿】界面。
② 【撤销】按钮
③ 【信息】按钮
④ 【插入】按钮
⑤ 【设置】按钮
⑥ 【全屏幕】按钮

【撤销】按钮：轻点击【撤销】按钮即可撤销上一步操作。

① 按住【撤销】按钮不放，稍后会弹出列表框。
② 点击【重做】按钮即可恢复上一步的动作。

【信息】按钮：用来更改对象或文本属性。可以进行样式、列表和布局的设置。

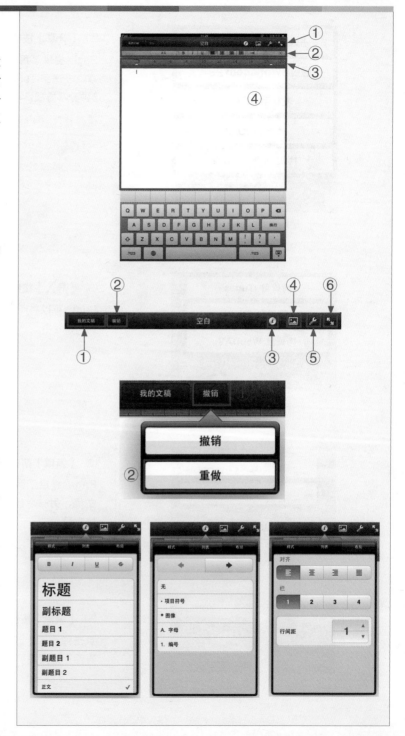

插入图片

插入表格

插入图表

插入形状

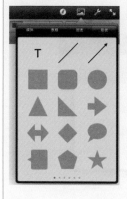

【插入】按钮：用来将图片、表格、图表和形状添加到页面中。

插入图片：

① 点击【媒体】按钮。

② 切换到【相簿】列表框，点击选择下方的相簿选项，这里点击【照片图库】选项。

③ 弹出【照片图库】列表框，点击要插入的图片即可。

插入表格：

① 点击【表格】按钮。

② 切换到【表格】列表框，点击要插入的表格样式即可。

下方还有多个表格样式的活页，用手指向左或向右滑动即可。

插入图表：同插入表格的方法基本相同。在打开的【图表】列表框中，内置了多种不同的统计图表，几乎包括能用到的所有图表，用手指向左或向右滑动进行查看。

插入形状：同插入表格的方法基本相同。内置多种颜色的图形，可以搭配使用来绘制流程图等。

【工具】按钮：用来查找替换、打印设置、文稿设置、检查拼写和字数统计等。

【全屏幕】按钮：点击此按钮可以全屏幕显示页面。

(2) **工具栏**

① 【段落样式】按钮

② 字符样式

③ 文本对齐

④ 分隔样式

⑤ 【隐藏】按钮

点击【段落样式】按钮，在弹出的列表框中，用户可以选取一种样式来设置文字的样式。

【字符样式】包括粗体、斜体和下划线等3种文字样式。

【文本对齐】包括左对齐、居中、右对齐和两端对齐等4中对齐方式。

点击【分隔样式】按钮，在弹出的列表框中，用户可以插入制表符、换行符、分栏符和分页符等。

点击【隐藏】按钮，可以将工具栏和标尺隐藏。

2. 制作"北京一日游计划书"

在学习了Pages的基础知识后，下面介绍通过模板制作一份"北京一日游计划书"。

① 按照前面所介绍的方法，点击【新建文稿】按钮，打开【选取模板】界面。

② 点击一个合适的模板，这里点击【可视化报告】模板。

③ 打开【可视化报告】模板界面。点击文字所在的位置。

④ 弹出虚拟键盘，将其改为所需的文字。

⑤ 更改完成后，点击【隐藏】按钮隐藏虚拟键盘。

⑥ 点击图片右下角的【插入】按钮。

⑦ 在弹出的列表框中选择一个合适的图片。

⑧ 返回到【可视化报告】界面，可以看到该图片已被替换成了插入的图片。

⑨ 按照同样的方法替换剩余两幅图片。

⑩ 替换完成后，点击【页脚】中的文字位置。

⑪ 切换到【文稿设置】界面，修改页脚中的文字。

⑫ 修改完成后，点击【完成】按钮。

⑬ 返回到【可视化报告】界面，用户可以看到页脚已经修改完成。

这样，第1页就设置完成了，接下来对该计划书的第2页进行设置。

① 用手指轻按界面，然后向上滑动，进入第2页界面。

② 按照前面介绍的方法修改标题文字和更换图片。

③ 按住图片右下角的蓝色小点不放，沿对角线方向拖动进行图片的放缩。

④ 调整完成后，按住图片的中间位置不放，拖动图片，调整图片的位置。

⑤ 删除下方的文字，点击【插入】按钮，在弹出的列表框中点击【表格】按钮，点击选择一个要插入的表格样式。

⑥ 随即插入一个表格。按住【圆点】按钮不放，在屏幕上滑动可以调整表格的位置。

⑦ 点击【上下箭头】或【左右箭头】按钮可以调整表格的行数和列数，这里点击【上下箭头】按钮。

⑧ 在弹出的列表框中显示出此时的行数为5。

⑨ 点击【向下箭头】按钮。

⑩ 将行数调整为6，表格并自动添加1行。

⑪ 双击单元格，此时单元格中会出现闪烁的光标，将一日游行程文字输入到所有表格中。

⑫ 输入完成后，单击【隐藏】按钮隐藏虚拟键盘。

⑬ 用户可以上下滑动来浏览自己制作的计划书。点击【我的文稿】按钮，返回到【我的文稿】界面，并自动保存该计划书。

用户也可以将该计划书分享给一起出游的伙伴。

① 点击【分享】按钮。
② 在弹出的列表框中点击【用电子邮件发送文稿】按钮。

③ 弹出【通过Mail发送】对话框，该软件提供了Pages、PDF和Word等3种不同的文件格式，这里点击【Word】格式选项。

④ 弹出发送界面，输入【收件人】的邮箱地址。
⑤ 点击【发送】按钮即可。

5.2.2 Numbers家庭收支表制作（iPad）

Numbers无论是在界面还是在功能方面都与Pages基本相同，这里就不详细介绍其基础内容。下面介绍将模板修改为符合个人所需的电子表格。

1. 新建模板文件

① 点击【新建电子表格】按钮。

② 在弹出的【选取模板】界面中，点选【预算】模板选项。

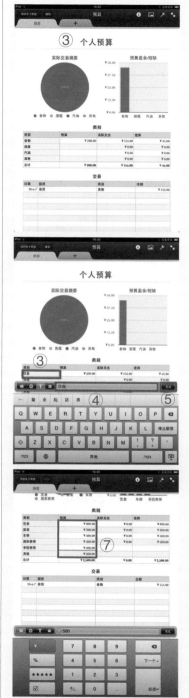

③ 弹出【预算】模板界面，这样就新建完成了。

2. 修改表格

◆ 修改【类别】表格

下面介绍如何修改【类别】和【预算】列。

① 轻点【类别】表格中的任意位置。

② 在弹出的边框中，两次点击【行】按钮即可增加两行。

③ 双击【类别】下方的单元格。

④ 在文本框中输入内容。

⑤ 输入完成后，点击【完成】按钮。

⑥ 按照同样的方法修改和填充其他单元格中的类别名称。

⑦ 按照同样的方法修改和填充预算金额数。

【实际支出】列中的单元格与下方的【交易】表格有函数对应关系，用户需要添加函数公式。

① 双击【C5】单元格。

② 轻点文本框，在弹出的列表框中点击【全选】按钮。

③ 在弹出的列表框中点击【拷贝】
按钮。

④ 轻点【C6】单元格。
⑤ 轻点文本框，在弹出的列表框
中，点击【粘贴】按钮。

⑥ 轻点选中【A5】选项。

⑦ 轻点【A6】单元格。
⑧ 该函数中的【A5】选项替换成了
【A6】。
⑨ 点击【√】按钮即可。

⑩ 按照同样的方法添加并修改
【C7】单元格中的函数。

⑪ 点击【√】按钮。
⑫ 这样【实际支出】列中的单元格
就设置完成了。

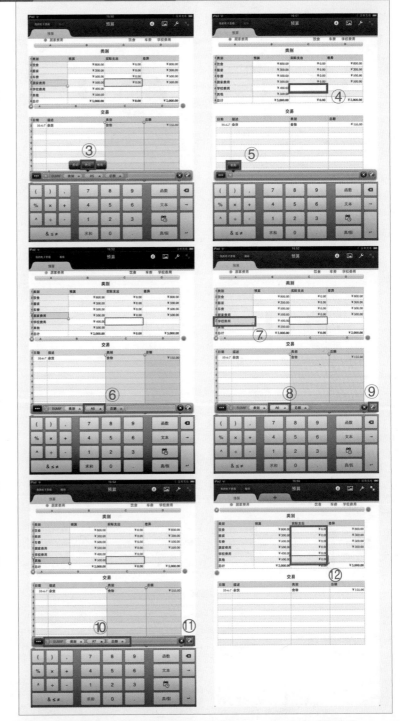

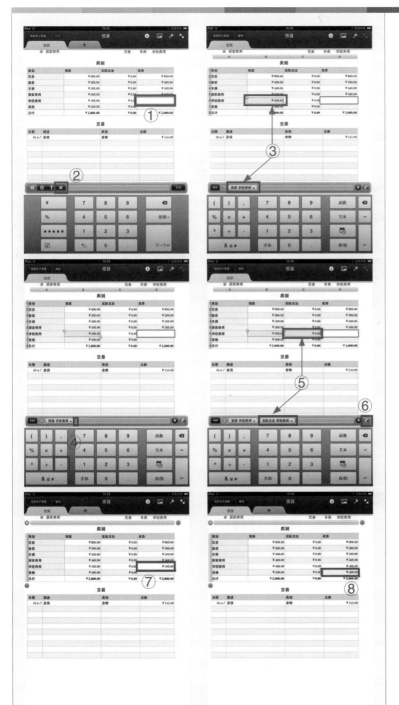

【差异】列中单元格的内容是【预算】和【实际支出】列中对应单元格的差值。

① 双击【差异】列和【学校费用】行交叉处所在的单元格，也就是【D6】单元格。

② 点击【等号】按钮。

③ 轻点【B6】单元格，在下方的文本框中会显示出该单元格的名称。

④ 点击【减号】按钮，在文本框中添加一个减号。

⑤ 点击【C6】单元格，在下方的文本框中添加该单元格的名称。

⑥ 点击【√】按钮即可。

⑦ 这样将该单元格设置完成了。

⑧ 按照同样的方法设置【差异】列和【其他】行交叉处所在的单元格。

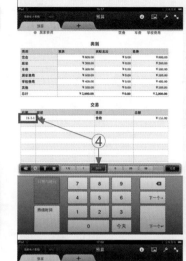

◆ 修改【交易】表格

① 双击【日期】列下方的第一个单元格。

② 点击选中【7】选项。

③ 点击【1】按钮，修改日期选项。

④ 按照同样的方法修改年份选项。

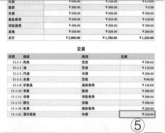

⑤ 输入完成后，点击【完成】按钮。

提示

用户在输入过程中需要注意的是：

【交易】表中的【类别】列中的内容必须与【类别】表中的数据一致。

⑥ 点击下方的【行】按钮，便可以添加1行，这里添加3行表格。

⑦ 这样【交易】表就添加完成了。

◆ 修改图表

【类别】和【交易】表格都设置完成了，接下来就要修改圆形和柱形图表了。

① 点击【实际交易摘要】圆形图表。

② 点击【信息】按钮。

③ 在弹出的【图表】列表框中，点击选择其中一个图表样式。

④ 这样就将该图表替换成所选的图表样式，再次点击【信息】按钮，关闭该列表框。

⑤ 按照同样的方法，修改【预算盈余/短缺】柱形图表的样式。

⑥ 调整这两个图表的位置。

⑦ 双击【实际交易摘要】圆形图表。

⑧ 在【类别】表中点击【学校费用】和【其他】单元格，将其设置为显示选项。

⑨ 调整【实际交易摘要】圆形图表中显示选项和图表的位置。

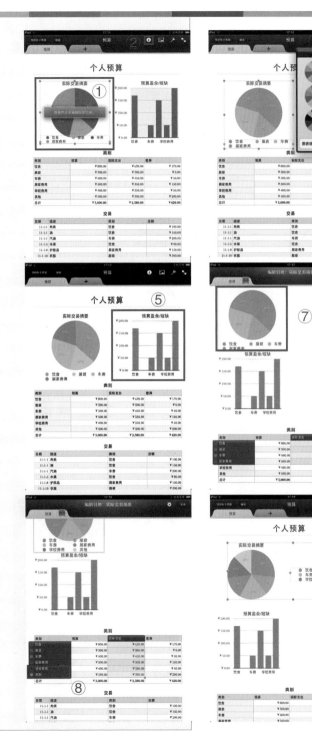

⑩ 双击【预算盈余/短缺】柱形图表。

⑪ 在【类别】表中按住【差异】列右下角的圆点，向下拖动选择显示的选项。

⑫ 调整【预算盈余/短缺】柱形图表的大小。

⑬ 用户可以上下滑动来浏览自己制作的计划书。点击【我的电子表格】按钮，返回到【我的文稿】界面，并自动保存该电子表格。

◆ 发送电子表格

① 点击【分享】按钮。
② 在弹出的列表框中点击【用电子邮件发送电子表格】按钮。

③ 弹出【通过Mail发送】对话框，该软件提供了Numbers、PDF和Excel等3种不同的文件格式，这里点击【Excel】格式选项。

④ 弹出发送界面，输入【收件人】的邮箱地址。
⑤ 点击【发送】按钮即可。

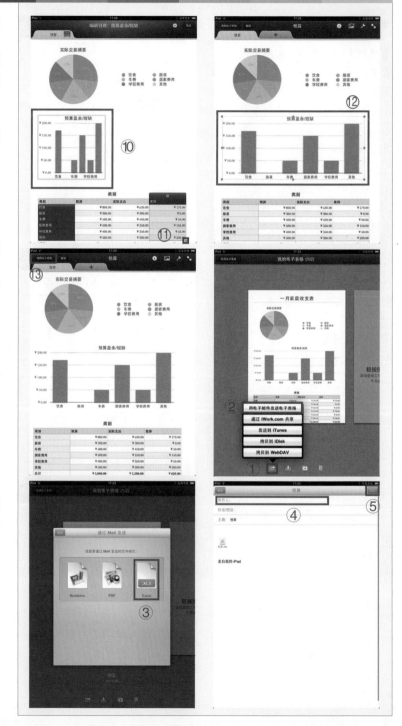

5.2.3 Keynote制作"茶文化"演示文稿（iPad）

Keynote与微软的PowerPoint有很多相似的地方，很容易上手。它在界面和功能方面都与Pages基本相同，这里不详细介绍其基础内容。需要注意的是：在使用此软件时，用户需要横向放置。

下面介绍使用此软件制作"茶文化"演示文稿。

1. 新建模板文件

① 点击【新建演示文稿】按钮。

② 在弹出的【选取主题】界面中，点选【文艺复兴】模板选项。

弹出【演示文稿】模板界面，这样就新建完成了。

2. 修改首页

① 点击首页图片右下角的【插入】按钮。

② 点击选择合适的图片。

③ 这样就将该图片替换成所选的图片了。

④ 用户可以通过按住并拖动四周的圆点来调整图片的大小。

⑤ 双击图片下方的文字。

⑥ 弹出虚拟键盘，输入文字。

⑦ 输入完成后，点击【隐藏】按钮。

⑧ 用手指按住文本框并拖动，调整文本框的位置。

⑨ 选中该文本框，点击【信息】按钮。

⑩ 在弹出的列表框中，切换到【文本】列表框。

⑪ 用手指在该列表框中向上滑动，使该列表框显示其底部内容，点击【文本选项】选项。

⑫ 切换到【文本选项】列表框，用户在这里可以调整所选文字的字体大小、颜色和字体样式以及对齐方式等。

⑬ 选中"茶"字，然后调整此字的大小、字体和颜色。

⑭ 编辑图片下方的文本框。

⑮ 调整此文本框的大小及位置，然后选中此文本框，设置其字体。

3. 添加并修改标题页

① 点击左下角的【加号】按钮。

② 在弹出的列表框中，点击选择一个合适的幻灯片。

③ 弹出新增的幻灯片界面，修改标题名称。

④ 按照前面所介绍的方法，替换该界面中的图片。

⑤ 在左侧的文本框中输入要添加的文字。

这样一张幻灯片就设置完成了。

用户可以按照前面介绍的方法添加多张幻灯片。

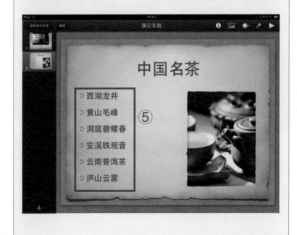

4. 设置幻灯片特效

Keynote配备了多种不同的特效样式供用户选择。

① 点击【特效】按钮。

② 点击【无】按钮。

③ 弹出【过渡】列表框，默认切换到【效果】选项界面，选择要设置的效果。

④ 点击【选项】按钮,切换到【选项】界面,用户可以
设置过渡的持续时间和开始过渡的触发动作。

⑤ 用户也可以设置文本框和图片的特效。选中该文本
框,点击【构件出现】按钮,在弹出的【构件出现】列表
框中便可以选择该文本框中的文字播放时的特效。

⑥ 按照上述所介绍的方法设置其他幻灯片的特效。设置
完成后,点击【完成】按钮即可。
⑦ 用户也可以点击【播放】按钮,播放幻灯片。

5.3 旅游

有了iPhone 4和iPad，外出旅游时就有了更多的便捷和安全。iPhone 4和iPad可以帮助用户查找最美的景点，还可以帮助用户查询机票和各次列车的详细信息。

5.3.1 高德导航（通用）

高德是中国最大的导航电子地图及应用服务供应商，为多家顶级汽车品牌、PND品牌和手机厂商提供导航产品，为谷歌、微软、新浪、中国移动、阿里巴巴和腾讯等世界级公司提供在线电子地图及服务。

高德导航软件是Apple AppStore上一款中文导航产品，匹配iPhone和iPad的高档时尚风格，数据新，人机界面华美炫酷，操作简便。

1. 基础界面介绍

高德导航具有自助定位功能，打开该软件后，会自动显示当前车位位置。

高德导航软件还具有北首朝上、车首朝上和全新的3D视图3种视图模式。

① 地图比例和卫星信号强度栏

地图比例：显示的是当前的地图比例尺。

卫星信号强度：显示当前GPS是否有效定位。分为无信号（灰色，"NO GPS"）、基站定位（绿色，有基站标识）和GPS定位（绿色圆点表示，圆点由多到少分别表示信号由强到弱）。

② 当前位置栏

显示当前车位所在的道路或者某个地名。

③ 视图模式图标

点击该图标可以在"北首朝上"、"车首朝上"和"3D视图（同时上方为车行方向）"3种视图模式中进行切换。

④ 定位设置栏

收藏夹：将当前位置添加到收藏夹。

设起点：将当前位置设为起点。

设终点：将当前位置设为终点。

回车位：返回到车位所在位置。

⑤ 下方工具栏

目的地：通过多种方式搜索目的地。

路线：设置目的地后可对路线进行查看全程概览、模拟导航等相关操作。

路况：查看实时路况信息。

周边：查看当前车位附近的各类信息。

设置：系统设置。

⑥ 放大和缩小地图按钮

缩小地图：查看更广范围的地图，可缩小至1:500km。

放大地图：查看更详细的地图，可放大至1:25m。

北首朝上

车首朝上

3D视图

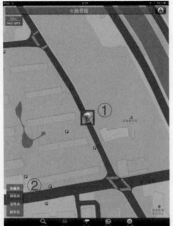

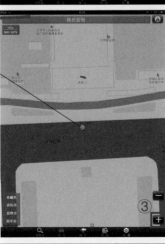

2. 全程导航实例介绍

下面以"驾车从当前车位位置到目的地"的实例为例介绍使用高德导航软件进行导航的全过程。

◆ 设起点

① 轻微拖动一下地图，当车位图标上有很细的黑色线时，移开手指，此时左下角出现【定位设置栏】。
② 点击【设起点】选项。

◆ 设终点

① 多次点击【缩小地图】按钮，使地图显示合适大小。
② 拖动地图，使红色定位圆点移动到目的地所在的大致区域。

③ 多次点击【放大地图】按钮，使地图显示详细信息。

④ 继续拖动红色定位圆点至目的地。

⑤ 点击【设终点】选项。

⑥ 弹出一个对话框，需要用户选择该地点为中途点还是终点，这里点击【终点】按钮。

◆ 全程概览

高德导航软件提供了高速、经济和最短3种类型的路线（默认"推荐"路线只是这3种路线中的其中一种比较合理的路线）。

① 切换到【全程概览】界面，默认显示该软件推荐的路线图。

② 上方【状态栏】中会显示该路线的收费站个数、总距离和预计到达的时间等。

用户可以根据需要选择合适的路线。

③ 点击下方工具栏中的【高速】按钮，查看高速型路线图。

④ 点击【经济】按钮，查看经济型路线图，该路线便是软件默认推荐的路线。

⑤ 点击的【最短】按钮，查看路线最短的路线图。

◆ 导航

① 选择好路线后，点击【开始导航】按钮。

② 返回到导航地图开始准确流畅的全程语音导航指引。

③ 当用户行驶到路口时，导航会显示实景路口放大图，清晰指引关键路口的道路行驶方向。

④ 用户还可以点击【视图模式】图标，切换到"3D视图"模式，体验酷炫的3D导航效果。

⑤ 点击下方的【路线】按钮，在弹出的对话框中，用户可以通过点击来查看模拟导航、全程概览路线详情等信息。

◆ 其他功能

用户可以查看当前车位位置或者红色定位圆点所在位置的实时路况。

① 点击下方的【路况】按钮。
② 在弹出的对话框中点击【显示实时路况】按钮便可以显示实时路况。

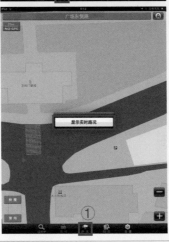

用户还可以查看所需的周边服务信息。

① 点击下方的【周边】按钮，弹出【周边查询】对话框。

② 点击选择所需的周边服务信息。这里点击【加油站&停车场】选项。

③ 弹出【加油站&停车场】界面，点击选择所需的选项，这里点击【停车场】选项。

④ 弹出【停车场】界面，点击选择最近的停车场。

⑤ 切换到导航界面，可以查看最近的停车场在地图中的位置。

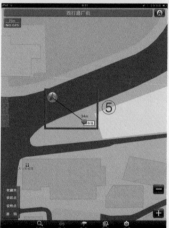

用户还可以点击导航接界面中的【设置】按钮，切换到【系统设置】界面，对出行方式、信息优先显示、语言选择、视图模式、语音选择和语音频率等系统信息进行设置。

5.3.2 去哪儿（主用于iPhone，兼容iPad）

去哪儿软件是由全球最大的中文在线旅行网站"去哪儿网（Qunar.com）"所打造的旅行小帮手，并配套于iPhone的iOS平台应用客户端软件。

该款应用软件界面简洁、功能非常强大，而且应用非常简便，为用户提供可最优惠全面的机票搜索、酒店搜索、列车时刻、航班状态、价格走势和低价推荐等全面细致的移动旅行搜索服务，是用户商旅和个人出行绝佳的旅行伴侣。

下面介绍"去哪儿"软件的主要功能。

◆ 机票搜索功能

可查询12,000条国内、国际航线，找到性价比最高的机票。

① 点击【机票搜索】图标。

② 弹出【机票搜索】界面，点击【北京】右侧的按钮。

③ 弹出【城市列表】列表框，点击【手工输入搜索】按钮。

④ 输入出发城市的名称。
⑤ 点击该名称。

⑥ 点击【上海】右侧的按钮。

⑦ 在弹出的【城市列表】列表框中点击【国内热门城市】按钮。

⑧ 弹出【国内热门城市】界面，选择到达城市，这里点击【北京】选项。

⑨ 返回到【机票搜索】界面，点击【出发日期】右侧的日期选项。

⑩ 弹出【选择时间】列表框，通过滑动时间锁来选择出发时间。

⑪ 点击【选择】按钮。

⑫ 返回到【机票搜索】界面，点击【搜索】按钮。

提示

用户还可以滑动【包含联程】或【查询双程】右侧的滑块，来打开或关闭所查的航班是否包含联程或查询返程信息。

⑬ 切换到【航班列表】界面，用户可以查看航班信息，包括航空公司、航班号、出发时间、到达时间、出发机场、到达机场和价格等。

⑭ 点击该航班选项。

⑮ 切换到【供应商列表】界面，用户可以查看该航班的详细信息及其供应商列表。

提 示

用户可以点击下方工具栏中的【前一天】或【后一天】按钮来查看前一天或后一天的航班信息。

点击【查看返程】按钮来查看当前日期的返程航班信息。

◆ 酒店搜索功能

可查询国内外80,000家酒店信息，分享1,000,000条酒店点评，找到适合您需求的酒店。

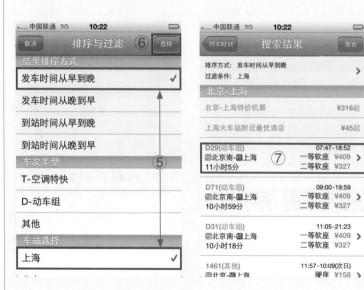

◆ 列车时刻查询功能

可搜索2913个车站、3046次列车的时刻信息。

① 打开【列车时刻】界面，输入或选择出发和到达城市或车站。
② 点击【搜索】按钮。

③ 打开【搜索结果】界面，信息显示得较多，用户可以通过设置排列方式和过滤条件来进行筛选。

④ 点击【排序方式和过滤条件】栏。

⑤ 切换到【排序与过滤】界面，在【结果排序方式】栏中选择排序的方式，在【车次类型】、【车站选择】、【车站类型】、【发车时段】、【到达时段】和【车票类型】等栏中选择过滤条件，可以选择多个选项。这里选择【发车时间从早到晚】和【上海】选项。
⑥ 点击【选择】按钮。

⑦ 返回到【搜索结果】界面，选择要查看的列车选项，这里点击【D29（动车组）】选项。

⑧ 打开【车次详情】界面，用户可以查看该车次的方向、时间、用时、价格和时刻表等信息。

用户还可以在【列车时刻】主界面中，点击下方的【车站搜索】或【车次搜索】按钮，并切换到对应界面，来查找车站或车次信息。

◆ 航班状态功能

该功能实时更新航班状态，能够保证用户的出行安排。

① 打开【航班状态】界面，输入航班号。
② 点击【搜索】按钮。

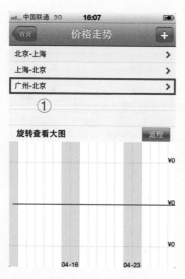

③ 在打开的界面中查看该航班状态。

◆ 价格走势功能

显示30天内机票价格走势,方便用户出行计划。

① 打开【价格走势】界面,点击想要查看机票的选项。

② 在该选项右侧显示出日期和价格。

③ 在下方的图中显示该机票30天内的价格波动曲线,用户可以左右滑动来查看其他时间段的价格波动。

④ 点击【返程】按钮。

⑤ 在弹出的界面中查看其返程机票价格波动。

⑥ 用户还可以自定义添加其他出发和到达城市,并对其机票价格波动进行查看。点击【右上角】的加号按钮。

⑦ 在打开界面的【出发城市】和
【到达城市】中添加出发和到达城市
的名称。

⑧ 点击【搜索】按钮。

⑨ 返回到【价格走势】界面，查看
其机票的价格走势。

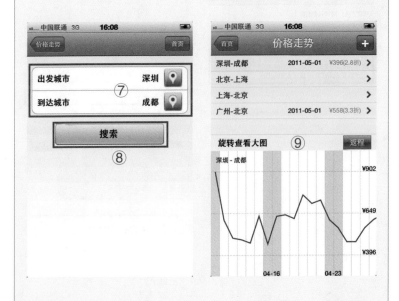

◆ 特价推荐功能

特价机票和特价酒店推荐，为用户
提供了超值的出行搭配。

① 打开【特价推荐】界面，在【出
发城市】中添加出发城市名称。

② 点击【搜索】按钮。

③ 切换到【特价机票】界面，用户
可以查看出发城市的所有特价机票。

④ 点击所要查看的机票选项。

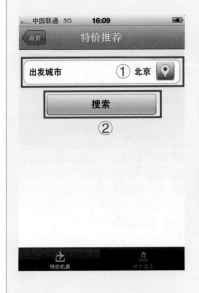

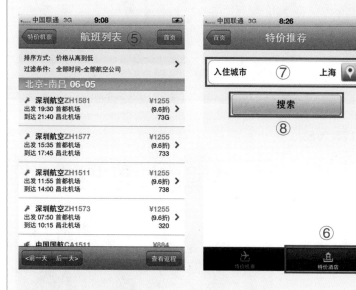

⑤ 在弹出的【航班列表】中，可以查看其详细信息。

⑥ 在【特价推荐】界面中，用户还可以点击【特价酒店】按钮。

⑦ 在【入住城市】中添加入住城市名称。

⑧ 点击【搜索】按钮。

⑨ 打开【特价酒店】界面，用户可以查看入住城市的所有特价酒店。点击选择所要查看的酒店选项。

⑩ 打开【酒店详情】界面，上下滑动界面查看该酒店的详细信息。

5.4 游戏

iPhone 4和iPad有着强大的硬件配置和宽大的屏幕，堪称游戏利器，为用户带来了全新视觉体验。单机游戏、网络游戏都可以在iPhone 4和iPad上得到最佳的效果。

5.4.1 植物大战僵尸（Plants vs. Zombies）

植物大战僵尸（Plants vs. Zombies）是一款塔防御战的策略性游戏。该游戏分为iPhone和iPad版。该游戏集成了即时战略、塔防御战和卡片收集等要素，是一款看似简单实则极富策略性的游戏，在世界各国都非常流行。

◆ 游戏规则

可怕的僵尸即将入侵，唯一的防御方式就是栽种植物。游戏的规则非常简单，僵尸想要冲入你的房子，用户所要做的就是种植各类植物来阻止僵尸的入侵。每种植物都需要消耗一定数量的阳光才能种植，获取阳光的途径有两种：一种是在地图上随机掉落，另一种就是你种植各类可以生产阳光的植物。得到足够数量的阳光之后，用户便可以种植一些用来攻击或防御的植物。最终目的只有一个，那就是打倒僵尸。

◆ 开始游戏

现在开始"植物大战僵尸"之旅吧！
① 打开【Plants vs. Zombies】界面，点击下方的【TAP TO START！】按钮开始游戏。
② 弹出【NEW USER】对话框，在文本框中输入要创建的名称。
③ 点击虚拟键盘上的【return】键。

④ 打开【植物大战僵尸】主界面。

用户需要先通过【ADVENTURE】（冒险模式）才能够玩【QUICK PLAY】（快速游戏）中的游戏。

⑤ 点击【ADVENTURE】按钮。

进入"冒险模式"的第1关，用户需要按照提示向植物园中添加豌豆射手（攻击性植物），并不断地收集地图自动产生的阳光（阳光具有限时性）来抵抗僵尸的进攻。

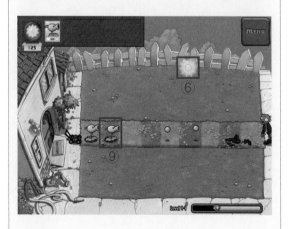

僵尸要进攻了！请添加更多的豌豆射手来守住房子不要被侵占。

⑥ 点击收集地图自动产生的阳光。
⑦ 所收集的阳光数不断增加。
⑧ 当所收集的阳光数大于等于购买豌豆射手所需的阳光数时，点击【豌豆射手卡片】选项。
⑨ 点击植物园中的合适位置，即可将豌豆射手添加到植物园中。

僵尸全被被打倒了，任务成功完成了。

⑩ 点击【向日葵】卡片。

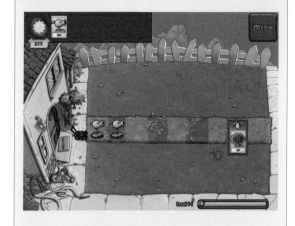

⑪ 弹出【YOU GOT A NEW PLANT!】界面，点击【NEXT LEVEL!】按钮。

进入第2关

按照提示向植物园中添加向日葵和豌豆射手植物，并不断地收集向日葵和地图自动产生的阳光击倒来犯的僵尸。

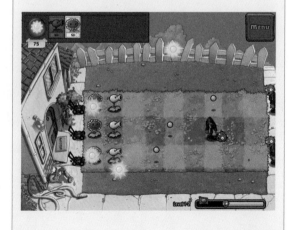

好了！按照这样的规则完成"冒险模式"，此时，是不是已经熟悉各种植物及其功能了呢？

⑫ 返回到主界面，可以看到【QUICK PLAY】按钮、【SUBURBAN ALMANAC】和【SHOP】功能已经解锁。

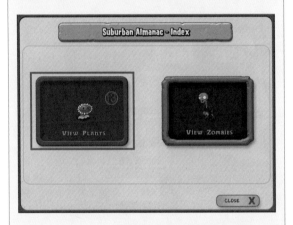

【SUBURBAN ALMANAC】对各种植物和僵尸进行了详细介绍。

⑬ 点击【VIEW PLANTS】按钮。

⑭ 打开【Suburban Almanac-Plants】界面，点击植物卡片。
⑮ 在右侧弹出其详细信息进行查看。

⑯ 点击【VIEW ZOMBIES】按钮，在打开的【Suburban Almanac-Zombies】界面中点击僵尸卡片查看其详细信息。

用户还可以从主界面中点击【SHOP】按钮，进入【CRAZY DAVE'S TWIDDYDINKIES（疯狂戴夫店）】中购买特殊植物和工具。

点击【QUICK PLAY】按钮，开始新的旅程，用谋略击倒所有来犯的僵尸。

该游戏软件提供的工具和场景不只是上述这些，从白天到夜晚，从游泳池到房顶，变化多端。

5.4.2 愤怒的小鸟里约版（Angry Birds Rio）

愤怒的小鸟里约版是一款十分火热的与电影《Rio》交互的休闲游戏。该游戏保持了游戏的一贯画面风格，还添加了各种电影场景。

游戏设置了总共60个关卡。游戏中Angry Birds被绑架了，被意外地带到了里约热内卢。在这个神奇的城市里，他们必须逃脱绑架者的机关，并拯救他们的新朋友Blu和Jewel，于是一场新一轮的狂轰滥炸开始了。

1. 开始游戏

游戏的玩法非常简单，首先运行游戏。

① 在游戏的开始界面中点击【PLAY】按钮。

打开闯关界面，用户需要闯过一关后，下一关才能够开启。

② 点击【1】按钮，进入第1关中的第1个环节。

玩家在每一个环节中的任务就是，将弹弓上的小鸟射向木制的堡垒，杀死绑架者或者救出笼中的其他小鸟。

③ 点击【√】按钮，开始游戏。

玩家最好要掌握该游戏的真实物理控制系统，这样就可以让投射而出的小鸟击垮木片、撞碎玻璃、压倒堡垒。

在每一个环节中，玩家最好找准这些堡垒的死穴，从其中最薄弱的一环下手，这样才能够做到一击必杀，由此顺利闯关。

要在该游戏中赢得高分，玩家得擅用技巧，极度高效地完成任务。

如果用户在完成某一环节的任务时，还剩下未派上用场的小鸟，那么每只小鸟都会让你赢得1万的积分。

虽然杀死所有的绑架者，或者解救出笼中小鸟，可以开启下一个关卡，但是如果玩家想在每一个环节中获得最多星星，那就得多赢高分才行。

④ 点击【列表】按钮，可以返回【闯关】界面。

⑤ 点击【重玩】按钮，可以重新开始这个环节。

⑥ 点击【下一关】按钮，进入下一个环节。

2. 游戏攻略

◆ 游戏技巧

(1) 通过缩小和放大屏幕，玩家就可以看到整个战场，然后就可以迅速判断弹弓与发射目标之间的距离，观察任何隐藏在屏幕中有助于提高攻击力的物品。

(2) 玩家并不需要总是从左到右进行发射：如果瞄准的方向够高，那就可以让小鸟从天而降直击目标，这种方法非常适用于进攻外墙坚固，但屋顶不设防的建筑。

(3) 玩家一定要等到前一只已发射出去的小鸟彻底消失后，才能发动第二轮的攻击，否则后来的小鸟如果击中了前一个战友的残骸，那么玩家的攻击力就会被削弱。

(4) 要擅于运用增强弹力的物体，比如仓库里的橡胶圈和丛林中的蘑菇——它们可以加快攻击速度，或者让玩家到达难以接近的地点。

(5) 任何时候都要记得攻击TNT箱子，这些箱子爆炸后可以让你事半功倍。

(6) 每只发射出去的小鸟都会在空中抛出一道弧线，如果它命中了目标，那用户就可以依此轨迹的弧度为准适当调整方向，直到击中其他目标为止，这样玩家就不需要费劲摸索准确的发射方向。

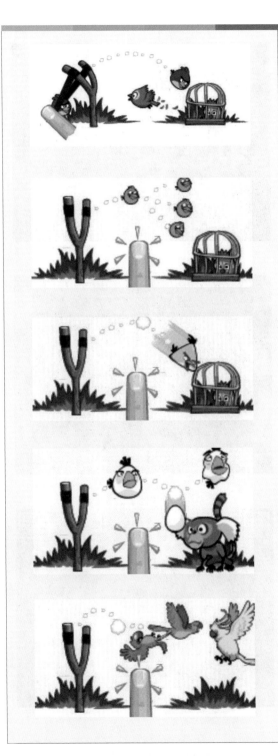

◆ 小鸟种类

(1) 红色小鸟

开启环节：游戏开始之初。

是最普通的小鸟，威力和作用都不大，也不够强悍。

(2) 蓝色小鸟

开启环节：World 1，Level 6。

这种小鸟的威力在于，它们一次可以射出三只小鸟，玩家可以让它们各个突破，击中一系列目标，但最理想的状态是，让它三者近距离出击同一个目标，发挥最大攻击力。这样就可以对建筑物造成最大的破坏，一次出击就可以攻破坚固的壁垒。

(3) 黄色小鸟

开启环节：World 1，Level 11。

这种小鸟虽然极其神速，但碰到石壁和玻璃墙时的攻击力仍有限，但用这种小鸟进攻木头壁垒简直像捅破一层纸一样好用，这样就可以闪电袭击敌人，让它们葬身于堡垒的废墟之中。

(4) 白色小鸟

开启环节：World 3，Level 6。

这是一种可在空中下蛋的小鸟，轻按屏幕，就可以让这些小鸟在空中投下炸"蛋"，让绑架者们措手不及。小鸟飞得离地面目标越近，产生的破坏性就越大。

(5) Blue和Jewl鹦鹉

开启环节：World 4，Level 15。

这两者就是20世纪福克斯的动画电影《里约大冒险》（Rio）中的角色形象，它们在World 4最后一个环节才现身，主要使命是对付游戏中的第一个小鸟首领。

轻按屏幕可让这些小鸟以水平线冲向目标。在最后一个环节中，可以让这些小鸟发挥神通广大之力，攻击小鸟首领，也可以让它们撞击后墙，引爆TNT箱子。

5.4.3 QQ斗地主

QQ斗地主是一款十分受欢迎的纸牌游戏。玩法简单，由三人玩一副牌，地主为一方，其余两家为另一方，双方对战，先出完手中牌的一方胜。

现在该游戏已经"登陆"iPhone和iPad，华丽的游戏界面、多而刺激的游戏音效和动画效果是其最大的特色，方言人声聊天和智能打牌辅助也是一大特色。

下面介绍如何在iPad上玩QQ斗地主。首先运行QQ斗地主游戏程序，打开其主界面。

① 点击【帮助】按钮。

② 打开【帮助】界面，查看其游戏规则。

③ 在熟悉了游戏规则后，点击【返回】按钮，返回到主界面。

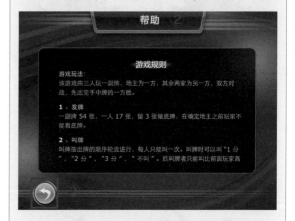

接下来用户就可以选择玩单机游戏还是联网游戏。

④ 点击【单机游戏】按钮，进入单机游戏界面，该游戏软件会自动分配角色来和玩家一起斗地主。

⑤ 点击【联网游戏】按钮，弹出【登录】界面，输入QQ号码和密码。

⑥ 点击【登录】按钮。

⑦ 成功登录后，打开【选择游戏区】界面。

⑧ 玩家选择要进入的游戏区，或者直接点击【快速开始】按钮。

直接进入游戏房间，开始和网友一起玩游戏。

⑨ 点击【开始】按钮，如果其他两位也都已经准备好了，系统就开始发牌。

在打牌过程中，玩家与网友之间可以聊天。

⑨ 点击上方工具栏中的【聊天】按钮，在弹出的列表框中有常用语、表情和聊天记录3个选项。
⑩ 比如网友出牌速度很慢，玩家可以点击该常用语。
⑪ 点击【发送】按钮。

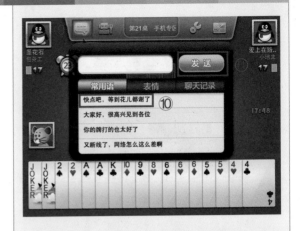

⑫ 此时，在玩家头像附近就会显示发送的文字内容，并用幽默的方言读出该句话。

如果用户临时有事离开一小会，可以点击【托管】按钮，由系统为玩家出牌。若取消托管，再次点击【托管】按钮即可。

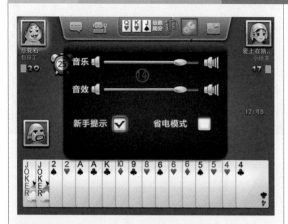

⑬ 点击右上角的【设置】按钮。

⑭ 打开【设置】对话框，玩家可以设置音乐和音效的声音大小，关闭或开启新手提示和省电模式。

其实，在该游戏软件的大多数界面中都有【设置】按钮，玩家可以随时进行调整。

点击【切换】按钮，在弹出的对话框中，玩家可以选择换桌或返回分区。

在游戏已经进行的过程中，【换桌】为不可用状态，若返回分区，会扣掉玩家一部分积分。

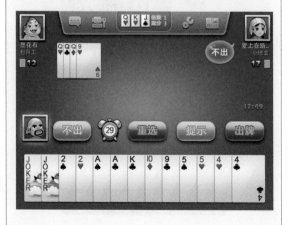

在出牌时，玩家可以根据需要点击【不出】、【重选】、【提示】和【出牌】按钮。当时间超30秒未出牌时，系统会默认为不出。

189, Lesson 05, 无所不能的iPad和iPhone

5.5 学习

iPhone 4和iPad既可以成为一本词典，也可以成为一本字典。

5.5.1 金山词霸 3.0

金山词霸是中国市场上占有率最高的翻译软件之一。它具有海量词典、真人发音、整句翻译和情景会话等功能，为用户提供了卓越的翻译体验。金山词霸3.0分为iPhone和iPad版，它们的功能及其界面基本一致。下面以iPhone版为例进行介绍。

◆ 英语咨询

在【首页】界面中，金山词霸为用户提供了最新的英语资讯，分为热词推荐、每日一句和每日资讯3个模块，让学英语更加贴近生活。

热词推荐：介绍热点问题和网络热点标题。
每日一句：提供最常用的生活化的例句。
每日资讯：让用户了解国内外的最新大事，不但能通过中文讲出来，也能用英语叙述，满足用户在各种场合和不同人交流最新消息。

◆ 海量词典

金山词霸提供了海量的英英词典词汇、汉语词典和成语词典，以及汉英词典和英汉词典等。下面介绍如何查询中英词语或句子。

① 点击【首页】或【笔记本】主界面上方的【请输入中英词语或句子】文本框。

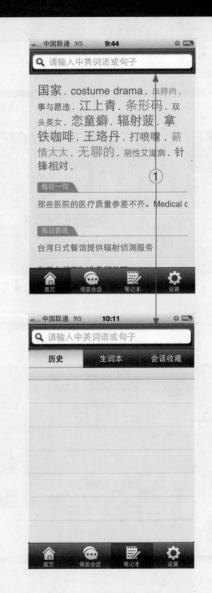

② 在弹出的虚拟键盘中输入想要查询的中英词语或句子或句子，这里输入"home"。

③ 点击【Search】按钮。

④ 如果用户没有联网，只能在【词典】界面中查看到简单的本地释义。

⑤ 点击【收藏为生词本】按钮，可以将该释义添加到生词本中。

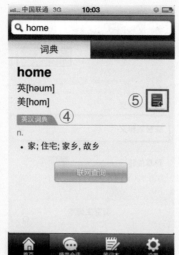

⑥ 点击【笔记本】按钮。

⑦ 点击【生词本】按钮，进行查看。

⑧ 在【词典】界面中点击【联网查询】按钮进行联网。

用户也可以在查询之前，进行联网设置。

⑨ 点击【设置】按钮，切换到【设置】界面。

⑩ 滑动【自动联网查询】开关，将其设置为"打开"状态，

⑪ 用户还可以根据需要在【联网查询默认显示】列表框中选择网络释义的显示方式，这里点击【完整版释义】选项。

⑫ 点击【首页】按钮，切换到【词典】界面就可以看到其详细的网络释义。

网络释义中还附带了真人发音功能。

⑬ 点击音标右侧的【发音】按钮即可发出纯正的声音。

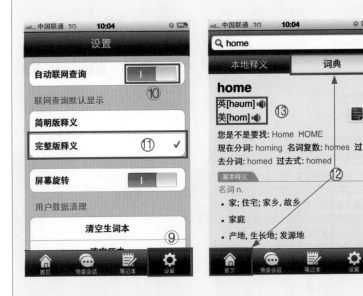

◆ 情景语句

使用金山词霸情景例句功能可以快速地查询到用户所需要的情景对话例句，满足用户在各种场合用英语交流的需求。

① 点击【情景会话】按钮。

② 点击【衣食住行】选项，打开【衣食住行】界面。

③ 点击【怎样办理登记手续】选项。

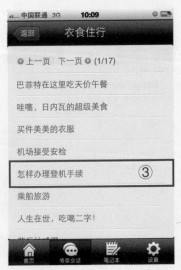

④ 在打开的【怎样办理登机手续】界面查看情景对话双语例句。

⑤ 点击【收藏】按钮。

⑥ 点击【笔记本】按钮。

⑦ 点击【会话收藏】按钮，便可看到此情景语句已经被收藏。

◆ 清理用户数据

用户可以根据需要来清空生词本、历史、会话收藏和网络缓存中的数据。

① 点击【设置】按钮，

② 打开【设置】界面，向上滑动界面，找到【用户数据清理】列表框。

③ 点击【清空历史】选项。

④ 点击【清空】按钮便可将历史记录清空。

5.5.2 《新华字典》专业版 HD（通用）

《新华字典》专业版 HD是一款非常好用、查询速度非常快的汉字字典，全面收集了最新版本的新华字典20809个汉字，还收集了中国所有的国标汉字，是一个优秀的学习工具助手。除了中文的详尽解释外，绝大多数汉字或词语还附有相应的英文解释。

《新华字典》专业版HD具有汉字、拼音、五笔、部首和笔画检索等功能，用户还可以随时保存生字和根据个人喜好对该软件进行功能设置。

◆ 汉字检索

通过直接输入汉字来进行查找。

① 点击【汉字检索】按钮，打开【汉字检索】界面。

② 点击上方的文本框，切换到【简体拼音输入】键盘，输入要查找的汉字。

③ 点击【搜索】按钮。

④ 弹出该汉字的详细解释界面，用户可以上下滑动进行查看。

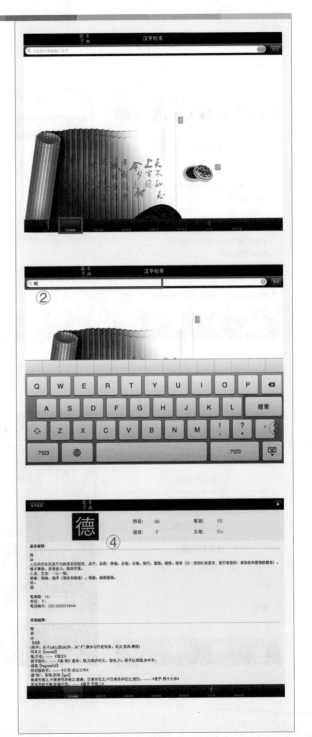

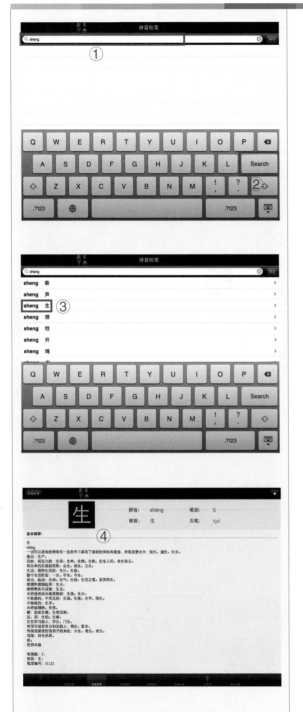

◆ 拼音检索

通过输入汉字的拼音来进行查找。

① 按照"汉字搜索"的方法，点击【拼音搜索】按钮，打开【拼音检索】界面，切换到【English（US）】键盘，输入要查找汉字的拼音。

② 点击【Search】键。

③ 在下方列出相应的汉字，点击要查找的汉字选项。

④ 弹出该汉字的详细解释界面，用户可以进行查看。

◆ 五笔检索

通过输入汉字的五笔编码来进行查找。

① 打开【五笔检索】界面，输入要查找汉字的五笔编码。

② 点击【Search】按钮。

③ 点击要查找的汉字选项。

④ 在弹出的界面中，用户可以查看该汉字的详细解释。

◆ 部首检索

通过输入汉字的偏旁部首来进行查找。

① 打开【部首检索】界面并切换到【简体手写输入】键盘，在键盘中间的空白处，用手指画出要查找汉字的部首。

② 点击正确的部首。

③ 点击【搜索】按钮。

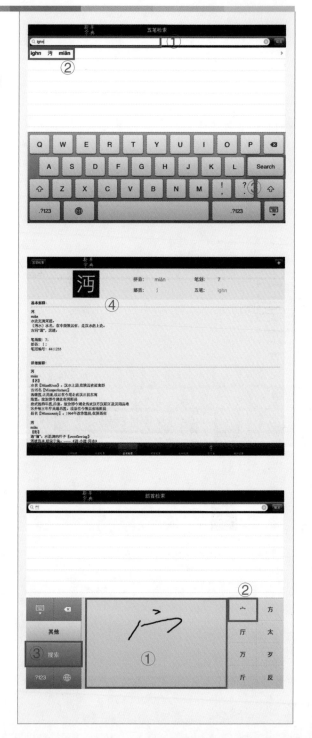

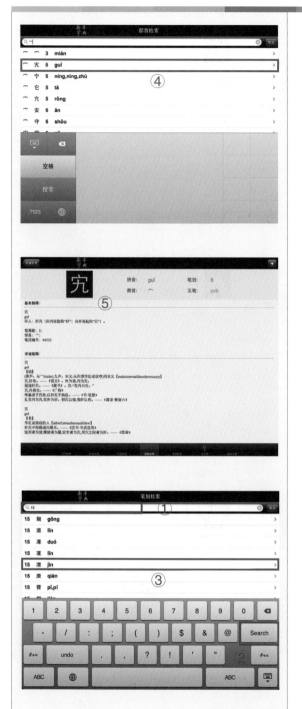

④ 点击要查找的汉字选项。

⑤ 弹出该汉字的详细解释及其拓展信息。

◆ 笔划检索

通过输入汉字的笔画数来进行查找。

① 打开【笔划检索】界面，切换到【数字符号】键盘，
输入笔划数。

② 点击【Search】键。

③ 点击要查找的汉字选项。

④ 弹出该汉字的基本解释界面。

◆ 生字本

随时查看保存的生字。在汉字详细解释界面中，如果用户认为该汉字是个生字，可以将其保存起来，便于查看。

① 点击【加号】按钮。

② 弹出【请确认】对话框，点击【确定】按钮。

③ 点击【生字本】按钮。

④ 弹出【生字本】界面，可以看到该汉字已经被添加进来了。

如果用户对该汉字已经很熟悉了，可以将其从【生字本】中删除。

具体的方法是：用手指在屏幕上轻按住该汉字选项，向左或向右轻轻一划，就会在右侧出现【删除】按钮。

⑤ 点击【删除】按钮即可删除。

◆ 偏好设置

设置即时检索打开或关闭、简繁体切换和初始字体大小等功能。

如果用户不能确定输入的拼音、五笔编码、部首或笔划是否完全正确，建议用户在偏好设置中根据个人需要打开即时检索功能，会辅助用户快速找到所要查找的汉字。

5.6 社交

有网络的地方就有社交，iPhone和iPad也不例外。社交软件配合强大的硬件支持，只会更加方便快捷。

5.6.1 QQ（通用）

QQ是一款即时通信软件，通过它可以方便地管理和联系好友，也可以实现网上交友。

现在iTunes软件中的QQ（iPhone版）兼容iPad，QQ（iPad版）名为"QQ HD"，两款软件的功能基本相似。下面以QQ（iPhone版）为例进行介绍。

◆ 登录QQ

① 运行该软件，打开【登录】界面，输入正确的账号和密码。

② 点击【状态】右侧的选项。

③ 在弹出的列表框中，点击选择【状态】选项。

④ 返回到【登录】界面，点击【登录】按钮即可。

◆ 添加好友

① 在【好友】界面中，点击右上角的【加号】按钮。

② 在弹出的【搜索好友】界面中，输入要查找的QQ号码。

③ 点击【搜索】按钮。

④ 点击【查到用户】栏中的用户选项便可将其添加为好友。

⑤ 点击【昵称】按钮便可返回到主界面。

◆ 与好友聊天

① 在【好友】界面中点击好友头像，打开聊天界面，在文本框中输入文字。

② 点击文本框右侧的【表情】按钮。

③ 在弹出的列表框中点击选择要插入的表情选项。

④ 点击左侧的【分享】按钮。

⑤ 在弹出的列表框中，用户可以发送照片、常用短语和自己的地理位置给好友。

⑥ 输入完成后，点击【发送】按钮。

⑦ 在上方的文本框中会显示发送的信息。

⑧ 当好友回应信息时，也会显示在上方的文本框中。

用户不仅可以和好友单独聊天，还可以在群里与大家一起聊天。

⑨ 点击【群】按钮。

⑩ 切换到【群】界面，点击要选择的群。

⑪ 进入该群的聊天界面，便可以发送信息与好友进行群聊。

◆ 查看和清除信息

当用户退出聊天界面，好友发送来信息时，iPhone手机会发出震动提醒。

① 点击【会话】按钮。

② 打开【会话】界面，可以看到发送信息的好友栏右侧会显示信息的条数，点击该好友栏便可查看信息。

③ 点击【编辑】按钮。

④ 在弹出的界面中，用户可以依次点击删除聊天信息。

⑤ 点击【清除所有】按钮，可以将该界面中的所有聊天信息清除。

◆ 查看资料

用户可以查看自己的QQ资料信息。

① 点击【设置】按钮。

② 打开【设置】界面，用户可以查看个性签名和QQ状态，单击【我的资料】选项。

③ 在弹出的【我的资料】界面中，用户可以上下滑动屏幕查看详细信息。

用户也可以查看好友和群组的资料信息。

④ 点击【好友】或者【群】栏右侧的【箭头】按钮。

⑤ 弹出好友的【详情】界面，用户可以修改备注、发送即时信息、查看好友资料、查看聊天记录和删除好友等。

⑥ 弹出群组的【详情】界面，用户可以发送即时信息、查看群资料、查看成员列表和设置接收信息等。

◆ 系统设置

① 点击【设置】按钮，切换到【设置】界面，用户可以设置好友列表的显示模式、会话模式通知推送和界面主题等。

② 点击【退出】按钮，用户可以退出QQ。

◆ 更多应用

该软件还提供了腾讯网、股票、书城、QQ邮箱、QQ空间、QQ校友、QQ农场、在线翻译、搜搜和问问等在线应用链接。

① 点击【更多】按钮，切换到【更多】界面，可以看到特别推荐和资讯应用链接。
② 点击【手机腾讯网】选项。
③ 切换到【手机腾讯网】界面，用户可以浏览手机腾讯网中的信息。

④ 用手指在屏幕上向上滑动，可以看到其他在线应用链接，点击【QQ空间】选项。
⑤ 用户可以登录到【手机QQ空间】界面。

5.6.2 人人网（主要用于iPhone，兼容iPad）

人人网（www.renren.com）是国内最大的实名制社交网络平台之一。

人人网iPhone版采用的全新的宫格界面，拥有流畅的操作流程，集成了人人网的新鲜事、状态、相册、日志和位置等多项功能，让用户更加方便地与朋友、同学、同事和家人保持紧密的联系。

◆ 登录和登出

① 运行该软件，打开【登录】界面，输入正确的账号和密码。
② 点击【Go】按钮即可。

③ 打开【人人】主界面。
④ 点击【登出】按钮。

⑤ 在弹出的对话框中点击【确定】按钮便可退出。

◆ 主要功能介绍

(1) 【添加】按钮

点击【添加】按钮，可以将关注的好友主页链接添加到桌面上，这样能够更加快捷地打开好友的主页。另外，用户还可以如同iPhone和iPad一样，切换界面、移动和删除软件。

(2) 【照片】按钮

点击【照片】按钮，可以上传照片，并查看上传进度，还可以添加说明。

(3) 【状态】按钮

点击【照片】按钮可以更新状态。

① 手写输入状态。
② 点击【发布】按钮即可。

(4) 【报到】按钮

点击【报到】按钮，弹出【附近地点】界面，这里用户可以选择地点进行报到。

(5) 主界面

主界面中添加了新鲜事、个人主页、好友、站内信、位置、相册、应用公共主页和日志等应用，用户可以点击进行查看。

点击【日志】选项，用户即可以查看自己的日志，也可以点击【发表日志】按钮，在弹出的界面写日志并进行发布操作。

点击【好友】选项，用户可以查找好友、查看最近来访和浏览好友主页。

① 点击【最近来访】按钮。
② 弹出【最近来访】界面，用户可以查看最近来访的好友。
③ 点击所要查看的好友。

④ 打开好友主页。
⑤ 用户可以通过点击下方的工具栏来浏览好友的相册、日志、留言板和资料等。

(6)【消息】按钮

点击主界面下方的【消息】按钮，在弹出的界面中，用户可以查看好友的留言、生日提示和好友请求等信息。

Lesson 06

突破限制
——越狱和解锁

当别人给您介绍一款实用的应用程序，您却无法安装；当看到别人的iPhone 4在使用其他运营商的SIM卡，您是否也蠢蠢欲动了？

6.1 什么是越狱

在网上的论坛或者聊天群中，会经常听到其他用户提及"越狱"这个术语。在进行越狱之前，先来介绍一下什么是越狱。

6.1.1 初识越狱

在iPhone 4和iPad上，官方只允许用户从苹果应用商店下载安装程序。但有些优秀的软件由于某种原因，尚不能进入苹果商店。此外，程序员们也希望有一个自由、开放的平台帮助推广自己设计的软件。因而国外的苹果爱好者开发了一个被称为Cydia的平台，通过这个平台，苹果用户可以实现安装苹果商店之外的第三方软件的目的。使iPhone 4和iPad具备这一功能的过程被称为越狱。

6.1.2 为什么越狱

用户最关心的是软件的使用，越狱后可以完全不受限制的安装程序。可以找到任何你需要的东西，而且免费。越狱不会影响到正常使用，一样可以购买正版软件。

另外，用户可以完全控制你的iPhone 4和iPad，修改系统的大部分元素和设置。不过，这也是导致系统出错崩溃的主要原因之一，建议初级用户不要轻易尝试。

白苹果是使用iPhone 4和iPad时出现的，也就是开机界面停留在此画面，iPhone 4和iPad无法进入系统进行正常操作和使用。

6.1.3 如何判断是否越狱

在桌面上找到Cydia这个图标，并且可以正常打开，就说明用户的机器已经越狱了。如果打不开Cydia程序，就需要重新进行越狱。

6.2 越狱进行中

在正式越狱之前，用户需要作一些相关的准备。如查看设备的版本号、备份SHSH文件和下载越狱工具等。

6.2.1 越狱前的准备

◆ 查看版本

OS4.2.1和iOS4.3，简称4.2.1和4.3。这些数字代表版本号。编写此书时，iOS的最新版本为4.3.3。iOS是由苹果公司为iPhone开发的操作系统，主要用于iPhone 4和iPad。

① 点击【设置】图标。

② 进入【设置】界面，点选【通用】选项。

③ 进入【通用】界面，点选【关于本机】选项。

④ 进入【关于本机】界面，直接查看【版本】信息，当前设备为4.2.1版本。

◆ 判断是否越狱

查看到版本号之后，在苹果公司的
中国官网（www.apple.com.cn）
或iTunes上查看最新版本。此时用
户需注意，时刻关注网上（如威锋
网、91手机娱乐门户）和论坛的信
息，是否推出了最新版本的完美越
狱程序。

用户可根据自身需要，选择是否升
级版本。一般情况下，推出完美越
狱程序时，才能开始升级并越狱。
越狱之后，用户的机器待机时间可
能会缩短。

◆ 下载越狱工具

当用户确定需要越狱，就要下载相
应的越狱程序。这里推荐绿毒越狱
程序。用户可以通过百度搜索"绿
毒 4.2.1完美越狱教程"，然后进
入对应的页面，在教程中会发布越
狱工具的下载链接。

安装成功之后，会在电脑桌面上出
现右图图标。

6.2.2 备份SHSH文件

如果用户在越狱的时候，担心会越狱失败，可以在越狱前，用备份SHSH文件。这样可以在越狱失败后恢复固件。

◆ 什么是SHSH

SHSH实际上是ECID+iOS某个特定版本加起来行程的一个特征码。对于一款苹果机，想升级到某一版本，就需要到苹果的激活服务器去下载一个文件，来判断这个版本针对这部手机是否合法。而这个文件就是xxxx.shsh。

如果用户不备份，只能被动地接受官方最新的版本。由于官方最新版本是刚推出的，对应的完美越狱程序还未推出，无法安装第三方软件。

◆ 为什么要备份SHSH

当用户设备升级到一个新的版本时，苹果会强制设备只能恢复或升级至最新版本，而此时新版本如果还没有越狱，就意味着用户的设备不能够使用破解程序。

此时备份的SHSH文件对我们越狱十分重要，一定要将针对每个iOS版本的SHSH文件备份好，才能在某天苹果公司不让客户恢复到这个版本时候，自行搭建认证服务器，然后恢复老的、有漏洞的版本来越狱。

比如你备份了iOS4.2.1的SHSH文件，无论你是否升级到更高版本的固件，只要有了iOS4.2.1的SHSH文件再搭建个虚拟苹果服务器，你可以随时降级到iOS4.2.1。

◆ 备份前的准备

在备份SHSH之前，用户需要去网站下载相应的应用程序。

1 小雨伞（TinyUmbrella）

http://u.115.com/file/f1b76b3e2f

2 Java的运行环境JRE

http://www.java.com/zh_CN/download/windows_xpi.jsp?locale=zh_CN&host=www.java.com:80

首先将JRE安装到电脑中，然后将"小雨伞"存放到不带中文名的文件夹下。

tinyumbrella
-4.21.08.exe

jxpiinstall.exe

◆ 备份SHSH

在进行备份SHSH的时候,首先将自己的设备与电脑通过数据线连接起来。

① 在小雨伞图标处,单击鼠标右键。在弹出的快捷菜单中,选择【以管理员身份运行】菜单项。

② 如果电脑安装了360安全卫士,会弹出提示框,选中【允许本次操作】单选钮。

③ 点击【确定】按钮。

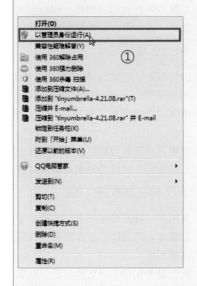

④ 弹出【TinyUmbrella v4.21.08】窗口,然后展开窗口左上角【Connected Devices】,从中选择要备份的设备。

⑤ 然后单击【Save SHSH】按钮,开始备份SHSH。稍等一会即可备份完毕。关闭该窗口即可。

保存的SHSH文件会存放在用户本地电脑上的【C:\用户\用户名\.shsh】文件夹中,请妥善保管好,以免误删除("用户名"指的是你电脑登录的用户目录,通常为Administrator)。

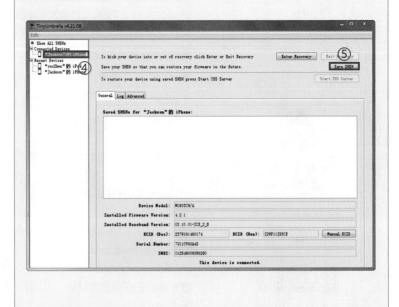

6.3 开始越狱

在越狱的时候，用户需要从网上下载对应的完美越狱教程。按照教程的提示，一步一步地操作即可。在进行越狱的时候，最重要的就是要手动进入DFU模式。

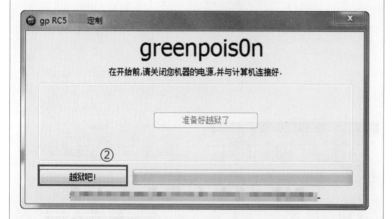

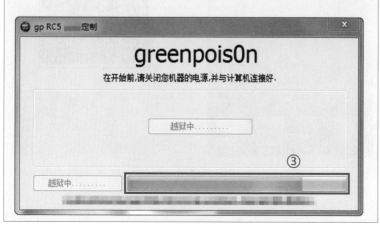

◆ DFU模式

DFU模式状态：此模式没有任何显示，在iPhone 4和iPad上也没有任何提示，屏幕一直处于关闭状态，没有任何显示，如同关机。

进入方法：在电脑上打开iTunes，设备在开机状态下插着数据线关机，然后同时按住Power键和Home键10秒。然后松开Power，不要松开Home，直到iTunes提示找到一个处于恢复模式的iPhone，这期间设备是不会有任何显示的。

◆ 运行绿毒

在开始越狱之前，关闭苹果机器的电源，并与计算机连接好。

① 运行绿毒程序。

② 弹出窗口，单击【越狱吧！】按钮。

③ 此时进度条显示越狱进度，用户不要进行其他操作。

④ 稍等一会即可完成。点击【退出】按钮即可。

在越狱的时候，不要拔掉数据线。苹果机器上会黑屏，然后出现一堆文字（批处理）直到文字运行完毕，然后用户手动重启设备，越狱完成一半了。

提 示

选择不同的完美越狱程序，其越狱的步骤有所不同。用户在查看越狱教程的时候，需要仔细看清操作步骤。

◆ 安装Cydia

苹果设备重启后会在主屏幕处会出现一个【Loader】的应用程序。通过运行该程序，安装Cydia。但在安装过程中必须保证用户的设备可以连接网络。

① 点击主屏幕处的【Loader】图标。

② 随即进入加载数据界面。

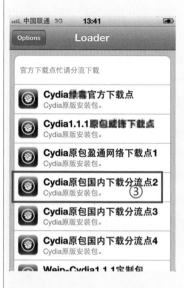

③ 稍等一会，即可进入【Loader】界面，点选下载Cydia的连接点。这里点选【Cydia原包国内下载分流点2】选项。

④ 弹出列表框，点击【Install Cydia原包国内下载分流点2】按钮。

⑤ 随即开始显示下载进度。

⑥ 当下载完成，系统自动安装Cydia应用程序，提示安装成功。

⑦ 点击【Options】按钮。

⑧ 弹出列表框，点击【Remove Loader.app】按钮。

⑨ 稍等一会，手动重启用户的设备。再次打开的时候，在主屏幕处会出现【Cydia】图标，点击该图标。

⑩ 第一次打开【Cydia】应用程序的时候，系统提示正在安装相关数据。此时用户无需操作，等待系统自动安装完成退出即可。

⑪ 当再次点击打开【Cydia】应用程序时，即可进入到【Who Are You?】界面，表示越狱成功。

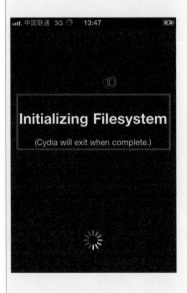

6.4 解锁大解析 (iPhone 4)

用户在购买到新的iPhone 4手机时，都会被告知只能使用指定的运行商SIM卡才可以使用相关功能。这让大部分用户失去自主选择运营商的机会，有办法安装其他运营商的SIM卡吗？

◆ 什么是解锁

国外销售的iPhone 4大部分是和当地运营商合作销售的，只能运行在特定运营商网络中。目前，iPhone 4在中国市场是与中国联通合作的，只有使用授权的中国联通的SIM卡才能使用移动电话以及相关功能，其他运营商的SIM卡是无法使用的。如果想使用中国移动的SIM卡，就需要进行解锁的工作。破解这个绑定的目的就是为了能够随意选择运营商而不受约束，这个过程叫做解锁。有些国家和地区销售的iPhone 4属于无锁手机（例如香港），这类iPhone 4可以直接在国内使用。

◆ 如何解锁

进行解锁操作之前，需要将该手机进行越狱。在解锁时，需要保证手机可以连接网络。

① 点击【Cydia】图标。

② 进入【Who Are You?】界面，点选【User】选项。

③ 点击【Done】按钮。

④ 进入到【Home . Cydia】界面，点选【Manage】选项。

⑤ 进入【Manage】界面，点选【Sources】选项。

⑥ 进入【Sources】界面，点击【Edit】按钮。

⑦ 点击【Add】按钮。

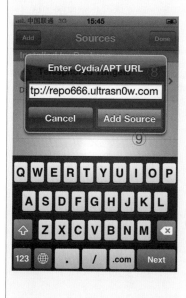

⑧ 弹出提示框，在文本框中输入
ultrasn0w源地址 "http://repo666.
ultrasn0w.com"（其中ultrasn0w中
的0是数字0）。

⑨ 点击【Add Source】按钮。

⑩ 随即弹出验证地址界面。

⑪ 稍等一会，验证通过，进入加载
数据界面。

⑫ 加载完毕，进入【Complete】界
面，点击【Return to Cydia】按钮。

⑬ 点选【ultrasn0w】选项。

⑭ 进入到【Details】界面，点击
【Install】按钮。

⑮ 进入到【Confirm】界面，点击
【Confirm】按钮。

⑯ 随即进入【Running】界面，系统
自动开始安装。

⑰ 稍等一会屏幕会出现一些文字信息，此时用户无需进行任何操作。

⑱ 进入【Complete】界面后，点击【Reboot SpringBoard】按钮，重启手机。

以上操作执行完成后，取出原先的SIM卡，直接安装其他运营商的SIM卡即可。此时可以使用SIM卡进行拨打电话、发送短信等。SIM卡的选择不再局限于指定的运营商。

用户在安装ultrasn0w软件包的时候，可能由于各种原因没有正常安装。此时用户需要重新安装该软件包。

① 按照前面介绍的方法进入到【详情】界面。

② 弹出列表框，用户可卸载该软件包，也可直接重新安装该软件包。点击【重新安装】按钮。

③ 进入【确认】界面，点击【确认】按钮，开始下载安装软件包。

④ 安装完成后，点击【重启SpringBoard】按钮重启手机即可。

提示

由于Cyida应用程序也在不断地更新，所以不同版本的安装方法有所不同，但都大同小异。按照提示安装软件包即可。

Lesson 07

精选软件介绍

iPhone 4和iPad用户在选择应用程序时，可以通过
iTunes Store商店选择推荐应用程序。但是应用程序种
类繁多，到底该如何选择呢？

7.1 实用工具

首先为用户推荐一些日常实用工具，这样可以让用户在管理设备的过程中，得到意想不到的效果。

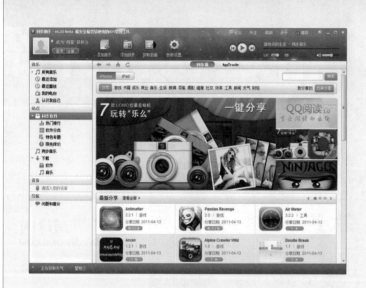

1. 同步助手

同步助手是由厦门同步网络公司推出的第三方智能手机管理软件。同步助手是一个优秀的iPhone和iPad辅助软件；同步助手在iOS管理的很多方面取得了新的突破，无需守护，亦可不用越狱，是非常安全、非常易用的iOS设备管理工具。支持所有的iPhone和iPad。

◆ 安装软件安全快捷

同步助手可以为没有越狱的设备安装ipa软件；同时支持已越狱的设备安装ipa和pxl软件。对于从iTunes下载的软件，同步助手能自动读取，并批量安装；在其他地方下载的软件，鼠标轻轻一拖，就能自动安装。对于pxl格式的软件，能自动转换成ipa格式进行安装，既杜绝了白苹果，又让用户的手指得到解放。

◆ 关联ipa，双击安装

不用启动同步助手，双击就能安装软件。不论是正版的ipa，还是在其他站点下载的破解ipa，关联以后，在电脑中双击ipa文件就能安装到您的设备。如果您想一次安装多个ipa，只需要选中电脑中的软件，右键安装，就可以了。

◆ 软件更新

同步助手能够帮助您升级设备上的软件，现在再也不用担心设备上的软件版本太旧。只要把设备接到电脑上，打开同步助手，就能自动检测需要更新的软件。

◆ 软件备份与卸载

同步助手能够把ipa软件从设备备份到电脑上。备份以后，卸载的软件也可以重新安装，就算重装系统也不怕。同步助手同时支持ipa和pxl的卸载。鼠标轻点，就能卸载。对于需要经常和大量删除软件的人来说，这将更彻底地解放了手指。

◆ 海量资源

同步助手集成了"同步推"和"AppTrackr"，大量的软件资源，开放的分享平台，让您每天都有不同的惊喜。此外，同步音乐中集成了Google音乐和Baidu音乐的音乐搜索，试听方便，下载迅速，免去非常多繁琐的操作，海量音乐随心下载。

◆ 文件管理

除了支持软件安装外，同步助手也可以对设备上的文件进行管理。同步助手的文件管理，浏览迅速，管理高效，不管是否已经越狱。现在，可以把的设备当作移动硬盘来使用了！不仅如此，文件管理中还提供了iOS设备中照相机照片的导入导出功能，可以选择把喜欢的照片从手机中复制出来。

2. 威锋网论坛客户端

威锋网（weiphone.com）成立于2007年1月10日，与美国苹果公司（Apple Inc）向世界公布iPhone诞生是同一天。

威锋网自建立之日起一直是最具人气的中文苹果社区，给广大苹果爱好者提供了一个自由交流、探讨、学习的平台，为苹果在中国的应用及普及发挥了领军作用!在这里，用户会惊讶地发现原来苹果的粉丝这么多，原来苹果可以这样玩。

在威锋网，用户可以找到关于iPhone和iPad的一切，并参与进来加入世界上最好的数码玩家群体之一。

在用户使用苹果机器的时候，或多或少会碰到些问题。加入了QQ群、查资料，都会发现问题的解决很多都与威锋网有联系，一些资深的玩家也会推荐去威锋网查看如何解决问题。

用户也可以在这里找到其他玩家分享的资源，是一个苹果机器用户不能不访问的论坛。

3. 炫酷高清壁纸

还在为苦苦寻找合适的壁纸而烦恼吗？这里我们为您推荐炫酷高清壁纸应用程序。极大地方便了Apple用户寻找精美壁纸。

Wallpapers应用程序支持所有Apple iOS设备：iPhone、iPad以及所有iPod Touch版本，将会发送合适分辨率的图片到用户的设备，以完全适应设置整个屏幕。

超过10,000张壁纸供用户选择，每小时都在增加。用户可通过摇晃手机、滑动或点击工具栏上的箭头按钮浏览图库。

可按流行或最新添加排序图库图片，用户还可筛选图片，图片的分类会以最新的搜索趋势更新。

用户要设置刚保存到照片图库的壁纸，只需打开iPhone或iPad上的照片应用程序，选择要用作壁纸的图片，然后将该图片设置为桌面壁纸即可。

4. 电池医生

用户是否在寻找一个全功能的电池管理软件？是否需要一个能帮助用户进行电池维护，并增加用户电池使用寿命的软件？

在这里，编者推荐电池医生这款应用软件。

其主要包括以下功能。

显示可用时间：该软件会根据不同的设备和当前电量，来显示用户的每种状态下的可用时间（精确到分钟）。目前提供了19种状态的使用情况。

制作主题：用户可以用任何照片制作属于自己的主题。家庭、朋友、宠物、团队LOGO、公司LOGO和艺术照等照片，都可以制作成非常美观的电池图标主题。

电池健康度：根据苹果官方资料显示，经过适当的维护，iPhone电池在完成400个充电和放电周期后，仍能够保留原始电池容量的80%。为了能准确地估计电池寿命，用户可以调整电池的健康状态百分比。

帮助：在帮助界面，提供了一些日常管理电池的小窍门。让用户了解如何更好地维护自己的电池。

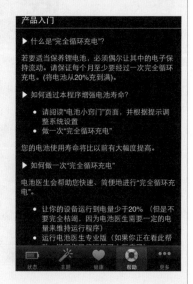

7.2 娱乐

接下来为用户介绍一些比较热门的娱乐软件,在Lesson 05已介绍了部分精彩游戏软件。这里为用户精心挑选出一些好玩的游戏,供用户选择下载。

1. 会说话的汤姆猫

汤姆是一只宠物猫,它可以根据用户的触摸作出反应,并且用滑稽的声音完整地重述用户所说的话。

用户可以抚摸它,用手指戳它,用拳轻打它,或捉它的尾巴,也可以倒一杯牛奶给它喝。

用户可以录制汤姆复述的视频,上传至YouTube或Facebook,并可以通过电子邮件发送给亲友。

与汤姆一起玩耍,享受欢乐和笑声。

2. 果蔬连连看

经常有人在闲暇之余，想找一些小游戏玩玩。在这里，编者推荐果蔬连连看——一款非常经典的小游戏。

用手指分别点击图案相同的两幅图片，如果连接这两幅图片的直线不超过三条，并且不碰到其他图片，则这两张相同的图片消失。把图片全部消完就过关，但是有时间限制。

每一关都有提示功能，但次数有限制，游戏共有17关，每关图片移动方式不同。

用户可将自己的战绩加入到Game Center中，查看自己的排行榜和成就。

3. MetalStorm

如果想感受最佳视觉，那么就不得不提该软件了。最具战斗力的多人喷气机对抗游戏。按照新手教程操作，轻松上手。

它可以实时多人游戏，支持通过3G和Wi-Fi同其他玩家联机比赛。不同方向击打，执行高难度机动作，可享受3D空间360°飞行。

拥有众多独特的飞行器可供选择，可自定义飞行器的导弹和机枪。在不断的对战中，赢取经验升级，解锁更多强大物品。

在合作多人模式下与朋友合作或单人多次消灭敌人。

7.3 其他工具

这里为用户介绍其他应用软件，包括了摄影、饮食、网络视频等各种应用软件，希望能够在日常生活和学习中为用户带来帮助。

1. 数码单反摄影

摄影，已经不止是摄影家、摄影师口中的专业术语，而成为了普通大众对美的一种追求。

该软件为数码单反摄影中的器材与原理篇，为用户提供数码单反摄影器材和原理方面的介绍。

通过该软件，您将会立即获得如下体验。

从操作出发，对摄影的器材、技术、艺术以及景深、光圈、快门和感光度等摄影原理有清晰的认识。

精美的摄影图片，带给您影集的享受。

对人像摄影、风景摄影和静物摄影等不同摄影题材的用光，对镜头的选择等作了详细的有理有据的介绍。

2. 食材密码

如果您爱美食，爱养生。那么食材密码是您不得不选择的一款实用型应用程序。

将饮食作为养生的第一关，呵护全家人的身体健康，您洞悉了食材的密码了吗？

健康营养师：只要轻挥手指，就可以DIY任意组合每天的营养餐单。

汤汤大师傅：为您提供养生汤的秘笈。健康，其实是喝出来的。

食全食材：一本无所不知的食全食材大典，在这里您可以检索任意食材及加工方法，包罗万象，任您想象。

名人养生堂：为您提供名人的养生方法、养生心得。既有专业人士的金玉良言，也有新锐青年的小资小调。

食全行程：食材密码为您提供的专属您的浏览记录簿，只要您浏览过的信息都会帮您自动悉心记录，让您很方便地按日期检索到过往记录。

3. 美图秀秀

想让自己的照片更美、更精致吗？
那么美图秀秀是一款帮您实现愿望
的一款软件。

其主要包括以下功能。

图片裁剪、旋转和锐化等基本操
作。

快速调节图片饱和度、亮度和对比
度等。

一键虚化背景，模拟单反相机的背
景模糊效果。

独有LOMO，影楼特效，1分钟做
出影楼级照片。

各种简单边框、炫彩边框，让图片
更精彩。

一键发送到新浪微博和人人网，与
大家分享您的精彩生活。

Lesson 08

常见问题解答

用户在使用iPhone和iPad的过程中，或多或少都会碰到一些问题。在这里，收集了一些常见的问题，并提供解决的办法。让用户可以自己轻松解决问题。

◆ 造成白苹果的原因是什么？如何解决这个问题？

一般情况下，是由制作或安装程序，软件与软件之间、软件与系统之间的冲突等问题造成的。要改写com.apple.SpringBoard.plist的软件最容易出现白苹果现象。Installer安装程序，尤其写入系统类最容易造成白苹果，且有些后果是不可逆转的。通常，最容易造成白苹果现象的软件有：SMB（SummerBoard）主题切换和桌面美化软件、Wefit中文输入法、给手机添加来电归属地功能或Caterpillar超强美化工具、汉王手写HWPen、网龙的来电防火墙、iSMS短信管理工具、iCosta中文输入法等。

在白苹果状态下，用户还是可以联入iPad、iPhone的。所以通常情况下，可以修复这个问题。用工具WinSCP、iBus或iBrickr，进入"/System/Library/LaunchDaemons"文件夹，把com.apple.SpringBoard.plist文件下载到本地电脑——用写字板打开此文件（注意用记事本打开排版会乱），或在WinSCP里双击打开com.apple.SpringBoard.plist文件，找到您最后安装而且是引起白苹果现象的软件，如isms——把"/Applications/iSMS.app/iSMSHook114.dylib"字段删除，保存并运行PUTTY，输入Reboot（重启作用），或者按住电源键和【Home】键强行关闭机器，再开机，这样即可恢复到桌面状态。

◆ 是否可以在iPhone上使用触摸笔？

iPhone的触摸屏必须通过手指所带的微弱电流进行接触工作，建议用户不要使用带有电阻及略带有电荷的物品靠近触摸屏，否则可能会严重影响触摸屏的灵敏度和感应度。如果您一定要使用触摸笔的话，请使用iPhone专用触摸笔。

◆ iPhone 4停止响应时该怎么办？

停止响应就是触摸屏幕或者按什么键iPhone 4没有任何反应，最直接的办法就是重新启动iPhone 4，重新启动的方法是按iPhone 4顶部电源键5秒以上会出现滑动关机界面，关机再重新开机，一般情况下iPhone就会恢复正常；如果按iPhone顶部电源键无法关机，则可以同时按iPhone 4下面的Home键，按两个键8秒以上，可以实现强制关机，再重新开机即可。

◆ iPhone、iPad反应缓慢是怎么回事？该如何解决？

出现这种情况通常有三种可能：一是由于iPhone、iPad使用时间过长，长期没有关机；二是由于运行过大型软件后，iPhone、iPad没有及时清理软件占用的内存；第三种可能性是由于iPhone、iPad内存不足。基于以上几种可能，解决办法有三种。

（1）每天至少开关机一次，可以确保苹果设备驻留内存得到释放，加速iPhone、iPad运行速度。

（2）经常运行一下进程管理软件，适时释放iPhone、iPad的内存。

（3）安装软件、歌曲或电影等文件时，要注意不要安装太多，要保证iPhone、iPad至少有500MB以上空余空间，以确保运行软件时所需要的内存缓存。

◆ 无法运行安装的软件，或打开就自动退出的情况，该如何解决？

注销或者重新启动用户的iPhone和或iPad后再次尝试启动该软件或游戏，如果依然出现自动退出情况，用户可以使用其他管理软件卸载该软件或游戏，再重新安装，一般就能够解决。如果仍然无法运行，则说明该游戏与用户的iPhone和iPad版本不兼容，不能在用户的iPhone和iPad上运行，请卸载该软件或游戏。

◆ 在使用过程中，iPhone 4没有信号该怎么办？

具体解决方法如下。

（1）打开设置，在运营商选项里面搜索，如果能够查找到中国移动或者中国联通，选中用户的SIM卡所属运营商即可解决无信号问题。

（2）如果没有找到运营商选项，打开iPhone 4里面设置，将飞行模式打开，再关闭，iPhone 4会自动搜索信号。

（3）如果仍然搜索不到信号，请重新启动用户的iPhone 4，如果还是不行，请关机后将SIM卡取出，清理SIM卡和SIM卡卡槽内部，重新装入SIM卡重新开机。

◆ 如何保养iPhone、iPad的锂电池，延长电池的使用寿命？

不需要将锂电池充到100%满电，更不要将电量使用殆尽。在情况允许的情况下，尽量使电池的电量维持在半满状态附近，充电与放电的幅度越小越好；不要将锂电池长期在设备使用外接电源的情况下工作。也可以在设备中下载一个管理电池的应用程序，按照程序的提示进行管理电池。

◆ 在iPad、iPhone中，如何截取屏幕图像？

同时按下电源键和【HOME】按钮半秒钟，所截取的屏幕图片就会被储存在照片库中。

◆ 如何更快速地选择邮箱后面的地址？

在浏览器和E-mail中输入网址时，长按【.com】按钮会出现【.edu】、【.net】、【.cn】、【.org】等选项，无需再调整输入法进行输入。

◆ 按下【Home】键不慎退出程序时怎么办？

如果用户不着急返回，可以重新打开对应的程序，此时原先程序处于暂停状态，接着原先的进度继续操作即可。

如果按下【Home】键退出某个程序但需要立马打开时，可以继续按住【Home】键大约5秒，就不会退出这个程序。

◆ 在iPad中如何删除误操作输入的字符？

误操作输入的字符需要删除时，可以摇晃iPad机身，屏幕上就会弹出提示，可以撤销键入。

◆ 用Safari浏览网页时，遇到可以打开的链接，怎么样可以使窗口简单明了？

可以选择长按住该链接，系统会弹出小菜单，让你选择【打开】、【在新页面中打开】和【拷贝】等选项。这样就不会造成每次按一个链接就自动打开一个新窗口，造成满屏都是窗口、杂乱无章的现象。

◆ iPhone、iPad中的邮件附件怎样打开并查看？

收到邮件时，附件如果是图片就会直接显示出来。如果是文档等则直接点击附件，就可以快速查看。查看完毕后点击一下，上面则出现状态条，点击左侧【完成】按钮退出。如果需要在其他软件中打开，长按该邮件附件，会出现选项提示【打开方式】，点击进去选择合适的软件即可。

◆ iPhone手机是否有网络共享功能，收费吗？

可以实现手机和笔记本电脑或PC机的网络共享。您可以在【设置】—【通用】—【网络】—【共享网络】中设置使用蓝牙或使用USB进行共享连接。但是使用该功能会产生网络流量费用。所以需要用户确认一下自己制定的3G套餐流量。

◆ iPhone手机信号旁的E是什么意思？

E表示EDGE（Enhanced Data Rate for GSM Evolution），即增强型数据速率GSM演进技术。出现E表示使用者周围有EDGE/GPRS信号覆盖，并且可以使用其信号上网。

◆ iPhone 4的FaceTime功能激活和使用方法是什么？

首先激活FaceTime功能。

（1）连接iTunes激活iPhone 4手机后，iPhone 4手机会自动向苹果服务器上发注册短信，苹果服务器接收到注册短信，验证并注册后，向用户手机号码发回注册成功短消息，注册流程完成，FaceTime功能被激活，用户可以使用FaceTime进行可视电话。

（2）若自动注册失败，iPhone 4提供了手动激活FaceTime的方法。即进入【设置】—【电话】菜单，将FaceTime开关按钮置于关闭状态，然后再将FaceTime开关按钮置于开启状态。此时iPhone 4手机会重新发送注册短信，注册成功后，FaceTime功能被激活，用户可以使用FaceTime进行可视电话。

（3）如果用户通过iTunes对iPhone 4手机进行系统升级，且选择了在不带Wi-Fi的iPhone 3GS里恢复备份，iPhone 4手机菜单里的FaceTime开关会无法进行设置。用户按如下操作进行：【设置】—【通用】—【还原】—【还原所有设置】（界面如壁纸可能会恢复成iPhone 4原状态，但内容不会丢失）；此后即可进入【设置】—【电话】菜单，打开FaceTime开关，通过前面介绍的方法激活FaceTime功能。

(4) 将iPhone 4手机连接上iTunes，点击iTunes左侧的iPhone设备，再点击iTunes右侧的【恢复】按钮，将iPhone 4恢复到最新版本后，激活FaceTime功能。激活成功后，即可使用FaceTime功能。

使用一台iPhone 4手机，给另外一台iPhone 4手机拨打普通语音电话时，在通话面板中有一个FaceTime的按钮，这个按钮开始时呈灰色状态不可点击，被叫方接听后，主叫方的FaceTime按钮变为高亮；主叫方可以点击FaceTime按钮向对方提出可视电话申请，被叫方可以选择拒绝或接受；在被叫方点击接受后成功建立FaceTime连接，进入视频通话界面。在FaceTime接通时，原本的语音电话就会断开，不再产生话费。

用户想进行iPhone 4的FaceTime可视电话，必须满足以下的必要条件：

(1) FaceTime可视电话中的双方必须都是iPhone 4用户；

(2) 双方均成功在苹果服务器上注册FaceTime功能；

(3) 两台iPhone 4都必须有蜂窝信号，能接打电话；

(4) 双方必须都成功连接上Wi-Fi网络。

相信用户在注册FaceTime的时候，关心注册短信费用是如何收取的。iPhone 4手机向苹果公司的服务器发送国际注册短信（号码为：+447786205094），以激活FaceTime功能。该国际注册短信对中国联通用户（含2G、3G用户）免费。

◆ 使用iPhone接通电话后无法听到声音，也无法退出通话模式该怎么办？

可先按检查是否有以下可能，并根据实际情况进行操作尝试。

① 先确认没有任何耳机插入耳机接口。

② 确认iPhone手机固件版本是1.13以上。

③ 查看铃声控制按钮是否正常。

④ 不要使用耳机，试着拨打电话，用手指选择屏幕上的扬声器模式，然后尝试能否听到声音，再关闭通话。

⑤ 如果有杂物进入耳机插孔，那么就需要清理插孔，然后反复把耳机插入插孔，再拔出。

⑥ 如果您配备有蓝牙耳机，请打开蓝牙耳机模式使用蓝牙耳机。

⑦ 如果iPhone在通话时没有任何反应，请尝试关闭机器，按住顶端的电源键，几秒钟后会出现红色的滑块，然后滑动滑块关闭iPhone。再次按电源键，直到苹果标志出现。

⑧ 如果通话一直无法关闭，可以尝试重启iPhone。如果按住电源键无反应，同时按住【Home】键10秒，直到苹果标志再次出现。

◆ 为什么通话时屏幕变黑了？

这是正常现象，这是由于距离感应的结果，手机贴到面部时，为了避免用户在通话中误操作而影响通话，屏幕会变黑，无法进行操作。用户只需保持距离即可重新点亮屏幕。

◆ iPhone、iPad的使用温度范围是多少？

iPhone、iPad的使用温度应该控制在0 ~ 35℃。如果超出范围可能会导致电池寿命缩短或不能正常工作等问题。当温度过高会在屏幕上有高温警告提示。

◆ iPhone、iPad如何正确充电？二者的充电器可以互相使用吗？

可随时、随地充电，不管是开机也好关机也好休眠也好，都可以使用原装充电器充电，充满即可。在开着Wi-Fi一直上网的状态下，大约每小时耗掉10%的电量。iPad和iPhone的充电器官方证实可以互相使用，但二者充电效率有所不同。部分用户的充电器和线缆存在发热现象，这不属于故障，如果实在过热则有安全隐患，可与有关维修部门联系更换，在保修范围之内通常可以得到更换。